Um Sonho em Terra Vermelha

Editora Appris Ltda.
1.ª Edição - Copyright© 2023 dos autores
Direitos de Edição Reservados à Editora Appris Ltda.

Nenhuma parte desta obra poderá ser utilizada indevidamente, sem estar de acordo com a Lei nº 9.610/98. Se incorreções forem encontradas, serão de exclusiva responsabilidade de seus organizadores. Foi realizado o Depósito Legal na Fundação Biblioteca Nacional, de acordo com as Leis nos 10.994, de 14/12/2004, e 12.192, de 14/01/2010.

Catalogação na Fonte
Elaborado por: Josefina A. S. Guedes
Bibliotecária CRB 9/870

M435s
2023
	Matta, Marcos da
	    Um sonho em terra vermelha / Marcos da Matta. – 1 ed. – Curitiba : Appris, 2023.
	    193 p. ; 23 cm.
	
	    ISBN 978-65-250-5353-0
	
	    1. Ficção histórica brasileira. I. Título.
	
	                                                CDD – B869.3

Livro de acordo com a normalização técnica da ABNT

Appris editora

Editora e Livraria Appris Ltda.
Av. Manoel Ribas, 2265 – Mercês
Curitiba/PR – CEP: 80810-002
Tel. (41) 3156 - 4731
www.editoraappris.com.br

Printed in Brazil
Impresso no Brasil

Marcos da Matta

Um Sonho em Terra Vermelha

Appris
editora

FICHA TÉCNICA

EDITORIAL	Augusto Coelho
	Sara C. de Andrade Coelho
COMITÊ EDITORIAL	Marli Caetano
	Andréa Barbosa Gouveia - UFPR
	Edmeire C. Pereira - UFPR
	Iraneide da Silva - UFC
	Jacques de Lima Ferreira - UP
SUPERVISOR DA PRODUÇÃO	Renata Cristina Lopes Miccelli
PRODUÇÃO EDITORIAL	Renata Cristina Lopes Miccelli
REVISÃO	José A. Ramos Junior
DIAGRAMAÇÃO	Bruno Ferreira Nascimento
CAPA	Carlos Eduardo H. Pereira
ILUSTRAÇÃO DA CAPA	Yasmim Amábile Tosatto da Matta

*À Maria Aparecida (Maria Edite).
Por nossas deliciosas e divertidas horas de conversa.
Que bom que nunca deixou de sonhar.
Sonhamos juntos nesta obra.*

*À Cris, primaz sonho, realidade plena. Amor sem fim.
Pelos nossos lindos sonhos juntos.*

SUMÁRIO

Um	9	Dezoito	99
Dois	13	Dezenove	109
Três	17	Vinte	116
Quatro	22	Vinte e um	121
Cinco	27	Vinte e dois	125
Seis	34	Vinte três	134
Sete	38	Vinte e quatro	140
Oito	43	Vinte e cinco	144
Nove	49	Vinte e seis	150
Dez	56	Vinte e sete	157
Onze	63	Vinte e oito	162
Doze	69	Vinte e nove	168
Treze	71	Trinta	173
Quatorze	77	Trinta e um	178
Quinze	80	Trinta e dois	186
Dezesseis	86	Trinta e três	189
Dezessete	94		

Um

O sol já dera seu último suspiro há pelo menos uns dez minutos, e no horizonte, as nuvens cor de carvão impediam a visão do encontro entre o céu e os morros considerados, por verbosa ilusão, derradeiros. Seu desenho sinuoso e singular escondia em cor acinzentada as amálgamas da Mata Atlântica e o descampado produzido pelo desmatamento adiantado. Há pouco tempo eram revestidos por matizes verdes, com predominância do verde-escuro das araucárias, proliferadas, mesmo que em capões, em cada ponto cardeal da Rosa dos Ventos. No céu, um pouco mais acima do horizonte, essas nuvens semelhantes à turmalina negra abriam rasgos irregulares e espaçados, pelos quais penetrava a claridade alaranjada do astro escaldante. Seus raios vinham curiosos ainda a espiar pelos buracos algo esquecido, que por descuido deixara para trás aos cuidados da escuridão, perseguidora milenar de seus rastros, sempre antes de sua retirada final, visto que sobre o azul esquálido ainda pendente não detinha mais alcance e poderio.

Com os olhos fixos naquele céu, Maria Edite sentiu que sua alma se identificaria com aquela paisagem aparentemente maravilhosa, acaso vista em outra oportunidade num breve passado. Naquele momento, no entanto, ofegante de profunda dor no coração, a obra traduzia rigorosamente seu estado melancólico. A escuridão no céu indicava a iminência da chuva para aquela noite ou para o dia seguinte, ou quem sabe talvez nem chovesse, diferentemente de seus olhos cansados e molhados pelas lágrimas fluentes, incontidas em intermitentes momentos do dia, em especial diante da solidão.

Resolveu voltar para casa depois que o urutau, também conhecido como mãe-da-lua, trouxe ainda mais melancolia ao cenário, ao executar seu canto triste e mórbido. Para demonstrar solitude, acompanhou-o, do lado oposto da mata, em performance espetacular aguda e descontínua, a corujinha-do-mato. Atiçou o estridular de um grilo, possivelmente o maestro, porque a partir dele outro o seguiu no canto, e em cadeia a este, a orquestra de um único instrumento de uma nota só. Os sapos e as pererecas não se deixaram ficar para trás e coaxaram em estilos singulares na diversidade.

Lucidora já havia chamado Maria Edite por duas vezes da janela da cozinha e agora a chamava da porta com veemência:

— Editinha! — gritou pela última vez ao ver a neta se aproximando.

— Eu já ia sair à sua procura — abraçou-a com ternura e pediu que se sentasse à mesa para o jantar.

— Não precisa ficar preocupada, mãe *véia*, eu só estava olhando o céu e o pôr do sol.

— Pode parar com essa choradeira! — Sebastião bramiu com a voz grave entre um pigarro e outro. Continuou impaciente: — Vamos comer logo, Dora. Da outra vez, deixe que ela venha sozinha.

Lucidora, acostumada com a aspereza e rudeza do marido, gesticulou para que Maria Edite não se incomodasse e pediu que se servisse à vontade. Enquanto comiam em silêncio, a avó, com o dorso da mão apoiando a face enquanto levava a colher à boca, mirava com seus olhos arredondados por trás das lentes dos óculos de armação metálica circular a menina que se alimentava devagar e com aparente falta de apetite. Estremecia-se de compaixão e não tinha dúvidas de que, se pudesse, faria o possível e o impossível para vê-la novamente feliz, mas bem sabia que isso não dependia somente de sua vontade.

— Eu queria mesmo é matar aquela desgraçada — do nada, esbravejou Sebastião, tirando o sossego da mesa.

Lucidora o repreendeu com o olhar e, conjecturando que Maria Edite não tivesse entendido seu destempero, cerrou os dentes receosa. Lançou a visão lateral para onde estava a neta e entreabriu a boca, de onde reluziu o dente de ouro, a fim de deixar bem claro ao marido a necessidade premente de tomar cuidado com as palavras, para não causar ainda mais mágoa na menina. Maria Edite, esperta como sempre, apesar de seus 8 anos de idade, compreendeu muito bem a fala do avô, porém, visando a colaborar na atitude bondosa da avó, disfarçadamente pediu para ir se deitar. Não houve indagação acerca do motivo de seu pedido, pois, com a ausência da claridade de uma simples chama de lamparina escassa de querosene, a única fonte de luz advinha do fogo das lenhas crepitando no fogão de tijolo e barro construído na cozinha.

Maria Edite, deitada em seu colchão atufado de palha de milho, ainda ouviu vindo da cozinha os sussurros de sua querida avó Dora, a conversar com o marido que insistia em resmungar e praguejar o mundo e tudo o que nele vive, agora em tom normal de voz.

Além do diálogo da cozinha, pelas frestas das tábuas cortadas de pinheiro que revestiam as paredes da casa, que fora construída com madeira ainda verde e sem mata-juntas, transpassava o som da barulhenta festa dos grilos, da toada desencontrada da orquestra dos anfíbios anuros e da singularidade artística quase solitária dos pássaros noturnos, em especial da corujinha-buraqueira, do curiango em cantos mais espaçados e, raramente no avançar silencioso da noite, da rasga-mortalha atravessando o céu aos avisos intercalados de sua distinta cantiga sobrenatural.

Editinha, assim chamada carinhosamente pelos mais próximos, ainda não havia se acostumado com aquele ambiente hostil do bairro rural da Encruzilhada, mesmo que estivesse localizado não muito distante da pequena povoação emergente de Marilândia do Sul.

Quando foi obrigada a morar com seus avós, permaneceu por mais de três meses em outro local ainda mais ermo que a Encruzilhada, denominado Lajeado. Gostava menos ainda de lá. Tudo para ela era estranho e desconfortável ao extremo: desde os pequenos objetos de manejo, próprios do meio rural, até os trabalhos desenvolvidos dentro da casa. Desde os costumes rurais até a linguagem falada, imbricada de constantes erros gramaticais e de termos peculiares. Desde a mudança da relação familiar que passou a experimentar, até o modo de se viver a religião, o inevitável abandono dos estudos, forçado pela distância até a escola, pelo risco de percorrer o caminho selvagem desacompanhada de um adulto, e finalmente pelo desinteresse por parte dos avós e a justificativa da desnecessidade. "Para que uma menina tem que frequentar a escola? Para que estudar, se vai ficar em casa se ocupando dos afazeres domésticos!"

A ida recente para o bairro da Encruzilhada, apesar de não abrandar as inquietações de Maria Edite, foi uma mudança para melhor em todos os aspectos, trazendo-lhe um ar de alento e de esperança.

Antes de dormir, o pensamento a levou à rabugice de seu avô, cujo sentimento de indignação se acentuou ao lembrar-se do xingamento de sua mãe de desgraçada. Refugou em voz abafada:

— Não! De forma alguma minha mãe é desgraçada! Ela é sim, muito bonita e cheia de graça.

Então chorou mais uma vez, com um desejo imenso de abraçar a mãe e ficar em seu colo, por longo tempo, a admirar sua beleza!

— Toda mãe é bonita. Mas a minha é mais que as outras.

Acalmou-se com a lembrança do rosto do pai e do imenso carinho dispensado aos filhos. Amava-o tanto que sentia dor por não poder dizer-lhe boa noite, abraçá-lo e receber seu afago. Recordou-se dele, sempre lhe dirigindo palavras de acalanto e amor, sempre a defendendo e fazendo suas vontades. Quase dormindo, sentiu que a avó abriu a porta e se achegou perto dela, talvez para aferir sua respiração, talvez para fazer uma oração, ou talvez para dar-lhe uma bênção, como sempre o fazia. Não se mexeu para que Lucidora pensasse que estava dormindo, e enfim dormiu reconfortada pelo carinho.

Dois

Lucidora e Sebastião se conheceram e se casaram na região de Sapopema, povoado antigo do norte velho do Paraná. O casamento se deu não por vontade dos noivos, mas por convenção e insensível imposição dos pais de ambos, em estrito cumprimento aos costumes no início do século XX, de forma geral na cultura brasileira. Por volta de 1920, o pai de Lucidora, João Pereira Vidal, casado no estado de São Paulo com Jacinta Maria do Espírito Santo, recebeu em sua casa Sebastião Rodrigues de Lima, jovem alto, imponente, bem afeiçoado e de olhar penetrante, que veio pedir a mão da filha Lucidora em casamento. O rapaz se apresentou altivo, sem receios de receber um malcriado "não", cônscio de que tudo estava adrede acertado entre João Vidal e seu pai, Silvério Rodrigues (conhecido por Sirvério), casado com Sinhana de Jesus.

Certo era também, insculpido nas tábuas intangíveis dos costumes, o testamento alinhavado no sentido de que a moça pretendida não tinha o direito de ver o rapaz pretendente antes de ser chamada à sala, local da casa em que era recebido apenas pelo pai. Assim, quando a família tomava conhecimento do dia da sobrevinda visita do jovem pretendente, não antes da assinatura verbal do contrato decidido entre os pais, as moças aspirantes deviam se fechar no quarto, e somente aquela que fosse chamada pelo pai poderia servir o café na sala, porque inevitavelmente seria a pretendida. A curiosidade feroz então avançava sobre o coração das moças, fazendo-as imaginar, cada uma do seu jeito, as características proeminentes da imagem do moço dos sonhos. A prole das famílias era quase sempre numerosa, geralmente em diferença proporcional aos homens, muito elevada em relação às mulheres da casa. Naquele dia, antes da visita de Sebastião, Isaura, prima de Lucidora, de berço audaciosa e eficazmente abelhuda, mesmo após ter sofrido severas repreensões físicas e morais dos pais, parentes e conhecidos, furou a parede de madeira entre o quarto onde ficariam as moças em confinamento e a sala onde o rapaz seria recebido, utilizando uma chave, broca manual, a fim de que pudesse ter condições de observar os acontecimentos do outro cômodo. Desse modo pôde constatar, antecipadamente, as características pessoais do jovem pretendente. Lucidora, apesar de portar-se mais comedida e manter a desconfiança guardada para si de que poderia ser a principal pretendida, também quis observar pelo buraquinho da sala. Para sua decepção, não gostou do que viu e prostrou-se na cama arrasada. Deliberou em voz alta:

— Feinho, amarelinho.

— Dora!

O pai a chamou da sala para que ela servisse o café. Seu sangue congelou nas entranhas, e sem titubear, pediu para que a prima Isaura fosse em seu lugar.

A estratégia surtiu efeito, porém foi paliativa. Depois que Sebastião foi embora, decepcionado por não ver sua pretendida, Lucidora foi obrigada a se justificar ao pai, que andava de um lado para outro com as mãos cruzadas para trás. Nervoso na voz, inquiriu a filha acerca do motivo da desobediência.

— Uma dor de barriga insuportável. Não poderia deixar o senhor passar vergonha, muito menos eu mesma.

Apesar de inusitada a evasiva, o pai compreendeu e julgou o fato justificado.

Pobre Lucidora. Era apaixonada por outro rapaz, um tal José Nogueira. Paixão platônica, porque não havia chance alguma de os apaixonados conversarem sobre seus sentimentos. Uma paixão quase impossível, porque proibida. Sensação entorpecente, proporcionada pelo fato de ver, mesmo que de longe, o objeto gatilho excitante da emoção, do desejo, do sonho. Por não poder falar ou tocar. Sofrimento causado não por não ser correspondido, mas por não levitar agraciado, ao menos por única chance de dar-se a conhecer, estancado pela mortífera censura, e por isso não notado.

Como não foi o José Nogueira quem tomou a iniciativa para conversar com João Vidal, mesmo porque desconhecia o sentimento de Lucidora, Sebastião foi aquele que se casou com ela, sem que tivessem experimentado um dia sequer de namoro.

— Vão se conhecer depois do casamento — asseveraram os pais, determinados sob a ótica de que faziam o melhor para a filha e o filho solteiros. — Sempre foi assim, era assim e assim que tinha de ser para sempre.

— Enfim, casados — alegrou-se Sebastião.

— Se você encostar a mão em mim, eu grito — oficializou Lucidora na primeira noite com o marido, instantes antes de se deitarem.

Manteve a norma durante a noite toda, repetida a cada movimento de Sebastião na cama. Ele, que aguardava com ansiedade por aquele ensejo especial, apesar de seu estilo rude e grosseiro, conteve-se e assimilou com respeito a atitude amedrontada da esposa, compreendendo sua situação, por sequer terem conversado sobre qualquer assunto, mesmo que frivolamente. Resignado, virou-se para o lado oposto da cama e, ainda que contrariado, dormiu.

Sucedeu, contudo, que a progressão das negativas parecia se perpetuar, e o jovem, cujas energias já saíam pelos olhos, não suportava mais aquele cenário que lhe fora infligido, forçado em seus extintos à retenção de desejo com a barreira da necessidade de desbravar. Via-se desprezado em todos os sentidos, pois Lucidora negava-se até a responder a perguntas simples na perquirição de um início de tentativa de amizade. Procurava ser gentil, convidando-a para irem juntos a bailes. De início, a esposa aceitava, porém, para seu desespero, quando chegava o momento da saída da casa, ela esperava que ele fosse primeiro e somente ao vê-lo pelo menos dez metros à frente movia-se para segui-lo. Ele parava para esperar, ela igualmente parava. Ele seguia e ela seguia atrás. Nunca juntos! Pegar na mão ou segurar em seu braço, somente em seus pensamentos.

Chegou um momento em que o marido desprezado, já não suportando mais a situação periclitante, relatou-a, em detalhes, ao seu pai Silvério, que, a seu turno, preocupado com um possível deslinde catastrófico para o recente matrimônio na família, imediatamente se dirigiu à casa dos pais de Lucidora e repassou o peso quente para as mãos de João Vidal.

— Jacinta! — João Vidal chamou a esposa, assim que o amigo Silvério se retirou. Pôs-se a narrar a ela o enredo desastroso do novo casal, incluindo acréscimos desnecessários, intencionado a causar escândalo, para afinal dar a ordem: — Cê fala lá prá Dora fazer o que o marido quer que ela faça! Senão vou eu até a casa dela e dou uma surra nela.

Jacinta nunca teve o traquejo para conversar esse tipo de assunto com as filhas. Imagine agora? Se jamais falou sobre puberdade e menstruação, tremeu só de pensar na obrigação repassada pelo marido de esclarecer questões relacionadas a sexo. Em vistas disso, solicitou ajuda de Ortília, sua irmã mais despachada, de atitudes à margem dos grilhões da boa conduta social e de boca livre de palavras lhanas. Otília não só não se negou como se deleitou com o encargo proposto, e de forma nua e crua repassou as recomendações do pai à sobrinha recatada, inclusive dissertando minúcias de sensações.

— Não quero! Não quero! — irritou-se Lucidora.

— Não tem que querer. Vai ter que fazer — Ortília, forçando seu olho esquerdo estrábico, perdeu a paciência e repreendeu a sobrinha com rigidez.

Não havia mais como fugir. Pelo menos agora, Lucidora adquirira um insipiente conhecimento "do que teria que enfrentar". E enfrentou o assombro com as mãos geladas e com os olhos fechados.

Após a consumação do casamento, por obediência à ordem do pai e seguindo as orientações da tia Ortília, confidenciou às mulheres mais próximas no parentesco, com as quais mantinha relação de confiança, que sentia nojo indomável do marido. Ia a ponto de selecionar, no trabalho doméstico da lavagem das roupas, realizado na tábua entalhada em pequenas ondulações contínuas afixada ao lado do riacho, as ceroulas de Sebastião, utilizando as pontas dos dedos indicador e polegar em pinça e as enterrar no barro pastoso do banhado mais próximo.

Com o tempo, Lucidora foi se acostumando com a presença de Sebastião, desenvolvendo por ele sentimento sincero e profundo de companheirismo. Amou-o, por fim. Teve com ele nove filhos, os quais amava mais que a própria vida.

A partir dos sofrimentos em comum do casal, quando um apoiou o outro com dedicação e carinho, enfim Lucidora descobriu o amor maduro por Sebastião após mais de dez anos de casados.

Três

A vinda da neta Maria Edite para a casa dos avós ocorreu no momento em que o casal tarimbado da vida estava desnorteado, sem saber direito como se readaptar à nova situação que a história lhes impôs ante a sensação de ninho vazio, propiciado pela saída de Rusalina. A caçula, casada há menos de dois anos, mãe de um filho, resolveu sair de casa para ter a própria vida familiar em um sítio vizinho, motivada pelo temperamento ruidoso do pai. Antes, ainda, João — nome em homenagem ao avô João Vidal — saíra da casa dos pais para empreender um bar no povoado não muito distante, beirando a estrada boiadeira abrangida pelo território de Marilândia. Enfim Zulmira, a mais velha dos filhos sobreviventes, casara há mais de dez anos com o baiano Olavo.

Maria Edite mudou-se para a casa dos avós porque o casamento de seus pais, Zulmira e Olavo, havia acabado.

A separação dos pais trouxe-lhe um sentimento de abandono até então desconhecido, um verdadeiro bombardeio irracional e maléfico para o seu coração de criança, descompassado sobremaneira pelo exílio da cidade onde estavam suas amigas e os dois irmãos mais novos, Jazon e João da Luz.

— Mãe *véia*, será que a senhora pode comprar um bico de mamadeira para mim? — Maria Edite pediu à avó, a quem chamava carinhosamente com essa alcunha.

— Mas você já é uma mocinha! Para que você quer, *fia*? — Lucidora redarguiu apiedada, pretendendo mais clareza sobre o motivo do pedido.

Maria Edite apenas levantou os olhos lacrimejantes para a altura do rosto da avó, que estava em pé e nada respondeu. Lucidora, condoída com a situação da neta, nada mais questionou e, na primeira oportunidade, foi à cidade e trouxe-lhe um bico de mamadeira. A avó bem sabia que, apesar da proximidade do sítio com Marilândia, o povoado tinha bem menos a oferecer do que Faxinal, de onde a neta viera. Faxinal, mesmo com seu mais recente povoamento, desenvolveu-se rapidamente, assegurando maior progresso em benefício dos cidadãos com a construção de dois clubes, de um cinema espaçoso, de escola ampla para atender o acentuado número de habitantes, enfim, um abundante e variegado comércio. No sítio, Maria Edite não tinha amigos para brincar. Mesmo havendo crianças em outros sítios, a distância entre as residências rurais não facilitava o feitio de laços de amizade. Não existia comércio, por isso, não obstante economizar moedas do dinheiro mandado pelo pai, não comprava doces, como era o seu costume, nem mesmo o pão francês tão apreciado. Por essa razão, a avó consternada fazia pão assado na panela, além de preparar doces com as frutas e legumes colhidos na roça, como banana e abóbora, visando a satisfazer as vontades da neta:

— Não pode ficar com lombriga.

Maria Edite pegou o bico da mamadeira e colocou-o na boca de uma garrafa de vidro, a fim de nela beber café com leite. Lucidora, enquanto se dedicava aos seus afazeres, refletia tentando encontrar uma resposta exata para aquele comportamento da neta.

— Por que será que essa menina faz assim? Se eu pudesse, entraria na cabecinha dela para descobrir. Talvez essa necessidade seja uma defesa encontrada por ela para preencher a falta do convívio com os pais e os irmãos. Bem! Se está bem assim, para mim tudo bem.

Outro escape encontrado por Maria Edite foi a participação regular nos eventos promovidos pela Igreja de Marilândia, não somente naqueles religiosos para os adultos, como e mais contumaz, naqueles para crianças, inclusive os filmes da vida dos santos rodados no salão paroquial pelo padre Ângelo Casagrande, cujos ingressos se condicionavam à frequência irrestrita na catequese, inclusive para quem já fizera a primeira eucaristia, como era o caso de Maria Edite.

Raramente Zulmira resolvia tomar o ônibus da linha Apucarana a Marilândia para visitar a filha. A viagem era demorada, não obstante o itinerário somar pouco mais de trinta quilômetros. A lentidão se dava em razão das péssimas condições da estrada de terra e das infinitas paradas do ônibus para entrada e saída de passageiros pelo caminho. Zulmira chegava num dia e no outro ia embora. Nesse curto espaço de tempo agia como se tudo estivesse normal, não modificando em nada a costumeira ausência de demonstração de apego e carinho. Maria Edite, ao contrário, não saía de perto da mãe, com a sensação de que os minutos corriam exageradamente rápidos. Precisava aproveitar o máximo.

— Por que a Senhora não fica morando com a gente, mamãe? Queria tanto que ficasse — choramingava Maria Edite, sentada no colo de Zulmira, agarrada em seu pescoço.

— Não posso, tenho que trabalhar — a resposta de Zulmira já estava pronta e sem rodeios.

Olavo, de vez em quando porém não tão raro quanto Zulmira, vinha de Faxinal, ou de ônibus ou na cabine de um caminhão de tora, para fazer uma visita rápida, durante o tempo necessário para almoçar ou tomar um café da tarde na casa dos sogros, com o nítido objetivo de ver a filha querida e saber pessoalmente se estava tudo bem com ela. Antes de sua partida, Maria Edite fazia-lhe as perguntas dirigidas à mãe.

— O pai tem que trabalhar para ganhar dinheiro, filha! Senão, não poderá comprar coisas bonitas para você. Não fique aperreada. Logo, logo, eu volto.

Jazon e João da Luz, a cada bimestre, deslocavam-se de Faxinal, onde ficaram morando com Olavo, para permanecerem por mais de quinze dias no sítio, perfazendo um tempo precioso para matar as saudades durante o período de convivência com Maria Edite. Além disso, o local se fazia prazeroso para as férias, mesmo que tivessem parado com os estudos na escola. Maria Edite, com a presença dos irmãos mais novos, via-se extremamente feliz, a ponto de tirar de foco o latente desejo de reunir os pais e de voltar a ter a vida de antes. Os três, sem qualquer programação, envidavam esforços surpreendentes para mirrar todo o atraso provocado pela distância, e assim brincavam até se extasiarem. Riam muito de tudo, de si mesmos e dos outros, mais ainda quando os outros não estavam presentes. Maria Edite, por ser mais velha, narrava a eles acontecimentos da vida em família desconhecidos ou então não lembrados por eles. Neste último caso, fatos sobre o nascimento de João da Luz, mesmo porque ele teimava em perguntar e reperguntar sobre os detalhes a todo instante. Além de descrever fatos somente por ela presenciados, Maria Edite, dotada de memória fotográfica e auditiva, particularizava aos meninos casos historiados por seus pais e avós. Os garotos ouviam maravilhados, acompanhado atentos, esboçando abertura automática da boca e movimentos mecânicos dos braços, de acordo com a interpretação desenvolvida pela irmã.

Lucidora, sentindo-se mais feliz ao notar a alegre inquietação de Maria Edite com a presença de Jazon e João da Luz, apesar de seus afazeres diários, envolvia-se nas brincadeiras dos netos, mesmo sem na maioria das vezes compreendê-las. Intrometia-se nas conversas deles de forma descontraída, proporcionando-lhes boas gargalhadas. Outras vezes, quando conversavam perto de seus afazeres, a avó abandonava o labor, dirigia-se até onde estavam as crianças para confirmar as falas de Maria Edite ou para acrescentar algo esquecido na história, por julgar necessário para a melhor compreensão do tema. A avó também não perdia a oportunidade de infiltrar no diálogo com os netos, de forma sutil, aspectos religiosos e éticos, porque acreditava que isso poderia ajudar naquele momento complicado de suas vidas. Entendia que tais adendos teriam a força de surtir efeitos benéficos para seu futuro, ao argumento, na base do temor, de que aqueles frutos inocentes pudessem vir a se estragar com o passar dos anos, em decorrência do exemplo negativo demonstrado pelos pais. Pesava sobre ela o receio de que o amargor resistente e duradouro teria o poder de encubar a semente de uma ferida perigosa e venenosa nos seus corações, portadores de raízes fortes predispostas a atingir a mente, cujo resultado final não seria flores e frutos, mas a atroz aflição de viver.

— Vamos ver o pé de Santa Bárbara — alvoroçou-se João da Luz, apontando para a árvore de folhas e bolinhas amareladas ao lado dos antigos mourões da cerca próximos ao chiqueiro, crente nas afirmações de Lucidora no sentido de que fora daquela madeira que os romanos confeccionaram a cruz de Jesus Cristo.

— Se fizeram a cruz de Jesus dessa árvore, então vamos rezar aqui olhando para ela — João da Luz orientou os outros irmãos, juntando as mãos e fechando os olhos com candura.

O sincero gesto do caçula foi imitado pelos demais que, coincidentemente, oraram em silêncio para que Deus os protegesse das coisas e pessoas más e os livrasse de bichos peçonhentos. Maria Edite, enquanto fazia sua nunca esquecida oração para que Deus reaproximasse novamente seus pais, observou que Jazon abraçou a árvore com carinho e respeito, seguido por João da Luz. Os dois permaneceram com as faces encostadas na árvore, tanto que o muco que se desprendia de seus narizes pela ação de um resfriado escorreu no tronco do cinamomo. Identicamente fluiu fugaz a sexta-feira, último dia para aproveitarem juntos o período de férias, iniciado com demasiada euforia e terminado com a sensação de ter sido exíguo e, naquela noite, cruel.

No dia seguinte, Jazon e João da Luz retornaram a Faxinal. Como sempre, na despedida tanto do pai quanto da mãe e agora dos irmãos, surgiram as nuvens carregadas de desencanto que desencadearam a tempestade emocional na mente da menina, deslocada naquelas paragens desertas.

Maria Edite se debruçou na busca de todos os meios possíveis ainda existentes na sua mente e nas lidas diárias de trabalho para se equilibrar emocionalmente. Frágeis soluções caídas no chão, voltou à santa bárbara e constatou o ranho dos guris ainda impregnado no tronco da árvore. Desabou e ficou por ali como que procurando avistá-los felizes correndo para lá e para cá.

Quatro

Aos domingos, como era de costume, Lucidora, Sebastião e Maria Edite levantavam bem cedo para irem à missa presidida pelo padre Ângelo Casagrande, na igreja matriz de Marilândia. Naquela década, a missa ainda era celebrada em latim, com o padre virado para o altar. Homens de um lado, mulheres com véu na cabeça de outro. Alguns rezavam o terço. Outros permaneciam em silêncio. As crianças olhavam tudo ao redor, com atenção especial aos objetos de conotação mítica. Obedientes aos pais, aguardavam ansiosas ou impacientes para que tudo aquilo acabasse logo. Na verdade, a grande maioria dos presentes nada entendia acerca da liturgia e da língua utilizadas. Alguns se mantinham ali pela fé fincada na presença do sagrado e outros por obrigação forrada na tradição familiar.

Terminada a missa, Lucidora e Maria Edite se dirigiram à residência do padrinho Santiago, enquanto Sebastião tomou outro rumo em direção aos botecos da rua XV de Novembro, por onde a cidade passava em acelerado desenvolvimento comercial. Desde sua vinda para a casa dos avós, ainda no bairro do Lajeado, a menina nunca deixara de acompanhar Lucidora aos domingos, ensolarados ou chuvosos, na rotina mandamental de missa seguida de visita à casa de Santiago.

A moradia do homem, considerado santo por grande parte da população marilandense, por muitos da região e até mesmo de fora do estado do Paraná, abarrotava-se de homens, mulheres e crianças, levados por motivação objetiva ou subjetiva particular. Fazia-se presente em sua casa aquela gente embebida de gratidão, crente na obtenção de cura atribuída ao santo ou à sua intercessão, que passou a acreditar incondicionalmente em suas palavras não pela autoridade e coerência, também por ter presenciado as curas ou delas ter tomado ciência com loquacidade de quem as viu. Famílias que naquele lugar simples encontravam alimento para saciar a fome, livres de julgamento e de segundas intenções por parte de quem as alimentava, pessoas que encontravam alento ao deserto de suas vidas e respostas simples e convictas para suas indagações, que desenvolveram o sentimento de simpatia pelo modo como vivia aquele homem cheio de mistérios e portador de caridade. Enfim, enxergavam nele correlações com suas visões de mundo, nos aspectos tanto sociais e políticos como religiosos.

A esposa do milagreiro — a dona Maria — não deixava nem por um minuto a cozinha para atender, despretensiosa e atenciosa, todo aquele povo acumulado na sala, na varanda, na própria cozinha e no quintal. Cozinhava, fritava bolinho, fazia pão e passava café, singela e alegre, não se incomodando em repetir as idênticas tarefas várias vezes ao dia. Impressionava Maria Edite a formação antiga de picumã espalhada pelo forro e pela chaminé da cozinha, fenômeno resultante da fuligem do fogão de lenha que só parava de fumegar quando do seu resfriamento, na madrugada. Dentro daquele espaço, amontoavam-se pessoas de diferentes situações econômicas, desde paupérrimos até grandes fazendeiros abastados, além daqueles que trabalhavam um dia para comer no outro, como era o caso de Lucidora e sua neta.

Maria Edite, sempre apática e ressabiada, servia-se raramente dos alimentos preparados por dona Maria, sem dirigir palavra a quem quer que fosse, nada obstante observar tudo o que ocorria a sua volta: movia seus olhos castanho-escuros, profundos, aguçados de curiosidade, ouvia atentamente e prestava atenção aos mínimos movimentos dentro da casa e no quintal, tencionava a se informar sobre relatos de milagres ocorridos ou ter a chance de testemunhar algum. Certa vez, ouviu uma senhora conversando com sua avó. Dirigindo seus olhos para ela, disse a senhora:

— Sua neta tem um olhar tão triste!

Lucidora, para amenizar o comentário, ao notar que Maria Edite o ouviu, esclareceu que era somente uma fase difícil para a neta e que logo tudo estaria resolvido.

Após o cumprimento de uma daquelas rotinas domingueiras, o sol fustigava com fúria o caminho de volta para casa por onde passavam Lucidora e Maria Edite, aquela com um guarda-chuva preto e esta com uma sobrinha laranja ilustrada com pequenas estrelas brancas. As duas vinham conversando sobre os acontecimentos do dia e se apressaram para passar por uma roça de milho com o fito do mais rápido possível refugiarem-se do calor embaixo da sombra oferecida pela floresta nativa. Composta de araucárias centenárias, suas árvores se elevavam ao céu, em torno de quarenta metros de altura. Seus troncos esbanjavam circunferências de mais de sete metros e seus diâmetros eram em torno de dois metros e meio.

— Venha aqui e se esconda atrás do pinheiro, Editinha — Lucidora sussurrou, arredondando ainda mais seus olhos bondosos e fazendo sinal de silêncio com o dedo indicador no meio de seus lábios finos. Então apontou para o lado esquerdo, onde uma gralha azul enterrava no chão um pinhão, no desempenho de sua função instintiva de reflorestadora. A menina maravilhou-se com a beleza do pássaro que media por volta de quarenta centímetros, exibindo plumagem azul no corpo, à exceção da cabeça, pescoço e peito, cobertos por pena preta.

— Veja! — Lucidora apontou e cochichou: — Ela esconde no chão o pinhão para retornar em outro momento, desenterrá-lo e dele fazer sua refeição preferida, porém raramente volta. O esquecimento dela é a razão de todos esses pinheiros fascinantes que a gente vê por aqui.

Para o desencanto de Maria Edite, a gralha azul alçou voo, arisca e assustada com o baderneiro guinchar de um bando de macacos-prego que, ao contrário do pássaro, avistou incomodado, das copas dos pinheiros, a intrusa presença humana. As duas riram, saíram rapidamente do local e continuaram a caminhada de volta para casa.

— Mãe *véia*, eu sinto que preciso fazer alguma coisa a mais... — Maria Edite disse, cortando a frase pela dúvida sobre se deveria continuar.

— Continue, querida! O que você quer fazer? — Lucidora parou, segurando o guarda-chuva preto.

— Estou presa! Sem saída! Não sei o que fazer para que papai e mamãe se reconciliem.

Lucidora parou novamente e apontou o pinheiro mais alto sobre o morro próximo ao sítio.

— Está vendo aquele pinheiro?

— Sim. O que tem ele?

— A árvore mais alta é a primeira a ser vista e a mais visualizada diante da floresta povoada pela diversidade de espécimes, mas é mais provável que seja a primeira a ser atingida por um raio. Sair da segurança e desinstalar-se é sempre mais arriscado.

As duas retomaram a caminha em silêncio. Maria Edite refletia sobre a fala da avó e Lucidora aguardava a reflexão da neta.

— Mãe *véia*, eu quero entrar para a promessa — afirmou Maria Edite, quebrando o silêncio, quando já estavam próximas de casa.

— Você tem certeza? — questionou Lucidora, surpresa, pois nunca havia sequer cogitado em investir no assunto com Maria Edite, nem mesmo com a frase que há pouco dissera, não tinha a intenção de fazer com que a neta chegasse a tal conclusão. Apenas a levava à casa do Senhor Santiago porque não queria deixá-la sozinha em casa.

— Sim! Depois que eu entrar, papai e mamãe voltarão a viver juntos novamente.

— *Fia*, pense bem. Ser da promessa é muito forte. Você terá que deixar de usar coisas da moda, como vestidinhos com babadinho, rendinhas, fita no cabelo, roupas de seda, esmalte. Essas coisas são proibidas. Nem cantar música da moda pode. Da promessa? Tem que ser da promessa inteiramente. Não pode cortar o cabelo, usar salto alto, usar maquiagem. É pecado! Não pode dançar e ir a bailes. Nem o Carnaval que você tanto gosta pode. Quem vai ao Carnaval é excomungado! — Lucidora reforçou as normas para quem pretendesse fazer parte dos seguidores de Santiago, buscando dissuadir a neta. Deu sua opinião: — Por mim você fica assim mesmo com está — ponderou um pouco mais —, só para você saber: é proibido qualquer tipo de jogo. Qualquer jogo! Segundo o padrinho, o jogo faz mal para a família, pois "quem perde, perde a alma e quem ganha, ganha o inferno".

— A senhora não canta músicas que não são da Igreja?

— Não! — respondeu, firme, Lucidora. Fitando os olhos para o céu, recordou-se com ar sorridente: — *Fia*, eu era sanfoneira. Tocava até em bailes. Parei com tudo isso depois que entrei para a promessa.

— Mas eu quero! — insistiu Maria Edite, esticando suas sobrancelhas semiarredondadas.

Ante a insistência, a avó buscou mais peso no seu objetivo de dissuasão da neta.

— Não pode comer carne nas quartas e nas sextas-feiras. Tem que se confessar toda semana. Comungar em todas as missas. Rezar o terço todos os dias.

— Eu quero ser da promessa! — Maria Edite chegou a seu veredito, inabalável em sua conclusão de que os milagres eram possíveis para quem era da promessa e o que o privilégio também poderia lhe ser estendido.

Seu "sim" seria a ponte dificultosa pela qual atravessaria para unir as mãos de seus pais novamente.

    Sua decisão representou a luz de uma nova aurora, clareando os temores da noite sem lua que permeara seus caminhos por longos meses. Por isso, naquela noite do dia decisivo, com a cabeça em seu travesseiro xadrez, recheado de painas e de flores de marcela, agasalhada pelo cobertor azul, ambos presenteados por seu pai, dormiu despreocupada se a rasga-mortalha riscaria ou não o céu acima do telhado da casa dos avós, entoando seu canto agourento.

Cinco

Acolhida por Santiago para fazer parte da promessa, Maria Edite passou a usar vestidos simples com parcas costuras, fechados até o pescoço, com comprimento até as canelas e mangas abaixo dos cotovelos, sem quaisquer resquícios de moda. Assim vestida, entrou com Lucidora na casa de Santiago para entregar a missa e assim cumprir mais uma regra da promessa, que consistia em informar ao guru a participação na missa, inclusive a efetiva recepção da eucaristia. Não deixaram de pegar, cada uma, uma xícara média esmaltada de tinta azul, cheia de café passado na hora, entre tantas outras de cores diversas em esmalte ou barro na cor branca, que eram servidas numa bandeja de madeira pelas mãos de Dona Maria.

Maria Edite guardava dentro de si um medo contido em relação ao velho Santiago, em defluência de suas características físicas e de seu comportamento enigmático. Apesar de aparentar-lhe assustadora a figura do conselheiro, ela não desvencilhava dele seus olhos ligeiros e seus ouvidos aguçados para acompanhar seus movimentos e suas moderadas palavras. Santigado se exteriorizava de forma despojada. Era um homem acessível e sério, sem muitas risadas e gracejos, rosto quadrado e grande, com barba cobrindo o pescoço, cabelos grisalhos até o ombro. Sempre se vestia com terno de brim amarelado ou bege, sem gravata, camisa abotoada no pescoço, a manga do paletó mais curta que a da camisa abotoada no punho, seus calçados tipo alpargata na cor marrom eram fechados na frente, tapando do dorso do pé aos dedos e abertos no tornozelo. Sua respiração profunda e levemente forçada sonorizava cansada tanto ao falar quanto em silêncio. Era acompanhada de pigarros constantes.

Naquele domingo, o misterioso homem, andando pelos cômodos da casa ou pelo quintal, conversava com um dos presentes, repreendia, ouvia de forma singular outro ou apenas silenciava, talvez buscando respostas, talvez pedindo sossego e paz ou mesmo descanso do fardo pesado que assumira. Em dado momento, passou por Maria Edite, que incontinente se esquivou e se encostou ao lado do batente da porta da sala, de onde de súbito viu que o homem deu três passos, parou e voltou-se para ela. Seu coração descompassou-se em palpitações e suas mãos arrefeceram, malgrado a sensação de gelo derretendo: "Meu Deus, ele vai brigar comigo", pensou a menina, com o olhar estatelado em Santiago, que, respirando alto e pigarreado sereno, apontou-lhe o dedo perto do nariz.

— Menina, menina! A salvação do seu pai e de sua mãe vai ser você — visionou, deixando soar sua voz grave e comovente.

Maria Edite arregalou os olhos, que abertos acompanharam Santiago dar-lhe as costas e prosseguir seu caminho interrompido. Quedou-se naquela posição e naquele espaço por alguns minutos, estagnada, pensativa e confusa. Voltou-se a si, ao perceber seu alvo de desvelo, que há poucos instantes havia despertado mais curiosidade, e que acabara de sair pela porta da cozinha. Entusiasmada e obediente à bisbilhotice, segui-o.

Santiago partiu em direção ao quintal e logo pressentiu que era seguido, até porque esperava por isso. Deixou-se seguir. Parou diante de um poço pequeno, protegido ao redor por uma camada de cimento, e dele retirou água. Maria Edite, escondida atrás de uma umbrosa e florida roseira, observou-o. O poço era diminuto em circunferência e modesto em profundidade, tanto que em sua boca cabia apenas um baldinho tacanho, com o qual se retirava água com apenas um braço esticado, sem a necessidade do uso de corda. Foi dessa forma que Maria Edite testemunhou Santiago extrair a água do poço, e com o balde repleto de água, abastecer dez litros vazios, para assim transportá-los até a Igrejinha construída ao lado de sua casa. Lá, acondicionou os litros em cima do pequeno altar, para em seguida, com seu bordão, açoitá-los com força, de forma contínua e progressiva, produzindo um som estridente, em compasso cada vez mais veloz. Em seguida, riscou fósforos na caixa e os jogou em chamas no chão. Repetiu a ação e se posicionou em frente à imagem de São Sebastião para rezar uma oração inaudível por pelo menos dez minutos. Por fim, bateu um litro contra o outro com força descomunal. A brutalidade da ação, se realizada por qualquer outra pessoa sem traços de paranormalidade, resultaria em um amontoado de cacos de vidros molhados e na factível possibilidade de acidente com cortes profundos. Para o assombro de Maria Edite, somente um litro se quebrou. Antes que Santiago olhasse para trás por saber que ela o observava, saiu correndo ainda mais impressionada com o que acabara de ver.

Já na sala novamente, a menina sentou-se na cadeira, quando em seguida Santiago apareceu trazendo em suas mãos um daqueles litros, cheio de água.

— Então, padrinho, eu preciso do remédio para resolver meu problema — disse, apreensivo, um homem aparentando ter 40 anos de idade, levantando-se da cadeira.

— Hoje, não vai o remédio para você — afirmou Santiago, depois de erguer o litro de água à altura dos olhos e observar o recipiente por menos de um minuto.

— Mas por quê? Eu preciso dele!

— Você quebrou a promessa. — Santiago olhou novamente o litro de água deitado na horizontal.

— Como assim? O que foi que eu fiz? — o homem com o rosto amarelado perguntou em tom de súplica.

— Você comeu carne na quarta-feira e ficará por dois meses sem o remédio. Quando estiver cumprindo fielmente a promessa, poderá levá-lo para casa.

Sob a mesma pena, não levava o remédio quem não tivesse feito a confissão ou comungado no domingo, ou que tivesse usado roupa da moda, cantado músicas profanas, dançado em bailes. Seus seguidores não sabiam como, mas sempre Santiago sabia de seus desvios. Era sobrenatural seu dom de enxergar coisas que ninguém via e prever acontecimentos que ninguém previa? Era divino, vindo de um ser superior? Era aquele homem um representante de Deus? Era um homem dotado de poderes especiais, cuja origem era desconhecida por ele próprio? Muitos questionamentos pairavam sobre os céus de Marilândia. Muitas respostas foram dadas, mas somente aquelas que correspondiam aos conceitos predefinidos individualmente, de pessoa para pessoa, receberam aceitação de acordo com aqueles conceitos.

No final da tarde, chegou a esposa de um homem que estava entre a vida e a morte, padecendo com sua doença desconhecida há mais de dez meses. A mulher adentrou na casa chorando, e aquela era a quinta vez que pedia a ajuda de Santiago.

— Seu marido tem que se confessar com o padre — Santiago repetiu pela quarta vez, com idêntica segurança, aquilo que determinou das outras cinco vezes.

— Mas eu já fiz isso, padrinho, todas as vezes em que o senhor me orientou — afirmou a mulher, sem compreender o porquê da determinação, ciente de que não estava louca, já que seu marido na primeira vez foi até o padre, e nas outras ocasiões o padre foi até ele, porque não podia mais sair da cama.

— Não fez! Leve o padre Ângelo a sua casa, antes que seja tarde — disse com autoridade o conselheiro.

— O padre já foi a nossa casa mais de uma vez — desesperou-se em choro.

— Ele não se confessou — Santiago finalizou com doçura, ao ver a reação da mulher.

Santiago permaneceu fixando os olhos na mulher, como que expressasse "acredite no que estou lhe falando". Ela, apesar de saber que não estava equivocada, saiu dali contrariada e foi até a casa paroquial para pedir mais uma vez a ajuda do padre.

— Vocês estão pensando o quê? Não acreditam no sacramento? Já confessei mais de uma vez, ou melhor, só nesta semana foram duas vezes que fui a sua casa. Que pecado pode cometer um homem que está à beira da morte? — o padre esbravejou, apesar de sua personalidade simpática e acolhedora.

Ao se recompor e pedir desculpas, consciente de que a questão exigia o cumprimento de sua exclusiva obrigação, o padre buscou sua estola roxa na sacristia, acompanhou a fiel à sua casa e ministrou o sacramento da confissão, conforme lhe fora solicitado.

A mulher, assim que o padre se despediu, voltou imediatamente à casa de Santiago. Antes que ela abrisse a boca, disse-lhe com comprazimento:

— Agora sim!

Ela nada entendeu, porque fizera o mesmo das outras vezes, mas depois de alguns dias espalhou exultante a notícia de que o marido estava curado e já ensaiava os primeiros passos.

Os fatos narrados até aqui passaram-se no ano de 1953.

Marilândia fora elevada ao status de município autônomo em 1951, quando e também por lei recebeu o nome de Araruva, como foi denominada até o ano de 1967, quando retomou o primitivo nome, mas dessa vez e definitivamente passou a ser Marilândia do Sul.

Santiago Lopes José, em 1953, contava com 64 anos de idade, e sua certidão de nascimento não consignava sua origem como Marilândia. Veio de longe, identificou-se com a terra e nela fincou os pés há pouco mais de vinte e três anos.

No final da década de 1920, o norte do Paraná sofreu um processo intenso e voraz de colonização, liderado pela empresa inglesa Companhia de Terras do Norte do Paraná. O governo do estado e a Companhia, ignorando a existência dos indígenas das tribos Kaingang e talvez a presença de tribos Xetá, ambas com índole de coletores e caçadores, dividiram os territórios do norte em pequenas e grandes glebas, incluindo a região em torno de Marilândia. Venderam-nas por preços módicos aos interessados que contassem com capital suficiente para adquirir o seu próprio pedaço de chão para plantar, colher e ganhar a vida.

Os fazendeiros e novos proprietários construíram suas moradias, utilizando seus próprios recursos humanos e aqueles proporcionados em abundância pela natureza ainda inexplorada pela atividade da cultura branca. Naquele ermo sertão verde, era necessário andar horas para conversar com o vizinho mais próximo, às vezes para uma visita cordial, às vezes para tratar sobre trabalho em mutirão, visando à derrubada de árvores, à destoca, ao plantio, enfim, por um motivo qualquer, com o fim de diminuir o peso da solidão. Não deixava de ser indispensável o mínimo aprendizado da cura pelas plantas ou outro método natural. Se o doente não fosse tratado por tais recursos, por uma benzedeira ou curandeiro, restava somente um milagre, porque não havia qualquer tipo de auxílio médico ou social naquelas paragens.

Foi por tais tribulações que o fazendeiro Sezinando Bonetti, proprietário de grande porção de terras nas proximidades do povoado, sentiu na própria pele o sofrimento da impotência, porque mesmo abastado, nada podia fazer para, ao menos, amenizar as dores agudas provocadas pela doença desconhecida que agrediu um de seus familiares queridos. Resolveu viajar ao estado de São Paulo em busca de uma solução sobrenatural para a cura, depois que tomou conhecimento da existência do famoso milagreiro morador da cidade de Itaporanga.

Em Itaporanga conheceu o famoso homem e, logo que o viu, por ele simpatizou e encheu-se de confiança. Voltou para casa carregando uma garrafa de água e algumas orientações a serem seguidas. Cumpriu-as todas, repassando-as em seus estritos termos ao moribundo, que se animou, elevado e absorvido pela esperança. Numa manhã, surpreendeu a todos quando se sentou à mesa da família para tomar café como se nunca tivesse ficado adoentado.

Maravilhado com o milagre, Sezinando voltou a Itaporanga e convidou Santiago para se mudar para Marilândia, porque lá sua presença seria indispensável, ante as dificuldades pelas quais passavam as pessoas.

— Gostaria muito de morar naquela terra recém-colonizada no norte do Paraná. Dizem por aqui que é extremamente produtiva. Mas não tenho dinheiro para adquirir sequer um alqueire. As terras lá são boas, mas não tanto quanto caras — respondeu Santiago, demonstrando sinceridade.

— Ora, se é este o problema, então está resolvido. Eu compro e lhe dou as terras. Ainda mais: na localidade que o Senhor quiser. — Levantou-se da cadeira Sezinando, com a mão direita estendida para cima, e completou: — depois, parte delas loteamos em pequenas datas, que o senhor vai vendendo conforme a necessidade e me pagando com valores simbólicos.

— Está certo, senhor Sezinando. O senhor não me deixou escolha. Da forma proposta, tudo se torna possível. — Santiago estendeu a mão ao visitante exaltado, que se emocionou, enxugando os olhos com a mão.

Sentados na varanda da casa simples de Santiago, os novos amigos conversaram variados assuntos pela tarde afora, cujas palavras foram regadas por boas xícaras de café. A partir de um gancho na prosa, Sezinando soube que o "santo" era paranaense do município de Cerro Azul, próximo da capital do estado, e se admirou com o relato sobre como veio de uma família de músicos, de que aquele homem sério era o fundador de uma banda de música com elevado reconhecimento na região de Curitiba.

— Diga-me, Seu Santiago, quando criança, o senhor já sentia ser portador desse dom da cura? — indagou o fazendeiro.

— Não — Santiago respondeu com um sorriso —, isso só me veio depois de alguns anos de casado. — Explanou: — Um dia, quando eu fazia a plantação das sementes de milho, ouvi uma voz a me chamar "Santiago!". Eu olhei para os lados e nada vi. Aquela voz grave e suave repetiu: "Santiago!" Assim que ouvi meu nome pela segunda vez, caí de costas no chão, como que desmaiado, sentindo pelo corpo todo uma tremedeira incontrolável. Assim me conta Maria, minha esposa. Mesmo tremendo e inconsciente, não deixei de ouvir a voz: "Santiago! Eu preciso de você! Vou lhe dar um dom especial, com o qual ajudará a muitos. Dará pão aos pobres e curará os doentes! Será meu instrumento na Terra!". A voz continuou: "Contudo, terá que purificar seu espírito, com penitência e abnegação: seu alimento será pão, água e oração, por quarenta dias." A voz finalizou: "Depois dos quarenta dias de penitência e oração, enviar-lhe-ei um sinal, para que com ele possa realizar a cura".

— Bem! Pelo visto o Senhor obedeceu à voz — alegrou-se Sezinando, estendendo os dois braços para o céu.

Santiago continuou sua fala, sério:

— Pois bem, passado o período, depois de ter obedecido estritamente à voz, que para mim é a voz de Deus, um pintinho de galinha piou por três dias num determinado local do quintal de casa. Eu concluí que só podia ser o sinal prometido, e assim que o bichinho parou de piar e sumiu, corri até o local do sinal e furei um pequeno poço, instintivamente, de onde saiu a mais cristalina das águas que já vi em minha vida — falou como se estivesse vendo a água descrita pela primeira vez.

— Eu fico pensando como reagiu sua senhora, ante esses acontecimentos? — Sezinando passou a mão pelo bigode até a barba, admirado pela narrativa.

— Deus me deu a melhor esposa que eu poderia ter. Apesar de no começo, quando lhe descrevi todo o ocorrido no meu momento de transe, ela ter duvidado e concluído que eu estava ficando louco. Não posso tirar dela a razão, por naquele momento difícil e belo ao mesmo tempo, ter insistido para parar com aquilo que era loucura em seu sentir, com medo que eu morresse de tão magro. Ela é de fato uma companheira e tanto. — Santiago parou por alguns instantes, tirou o chapéu e continuou sorridente: — Depois da veracidade do sinal e da água que fluiu no poço, acreditou e me apoiou incondicionalmente.

Sezinando, com o sucesso obtido, voltou feliz a Marilândia e espalhou a notícia entre os moradores, que receberam a manchete entusiasmados e dispostos a ajudar no que fosse preciso para agilizar a vinda do famoso milagreiro para o pequeno povoado.

Naquele ano de 1930, uma comitiva formada pelos primeiros colonizadores, entre eles Sezinando Bonetti, Francisco de Farias (da alcunha França), Pedro Silvério da Silva, Antonio Nogueira da Silva e João Cunha, foi a São Paulo e trouxe consigo Santiago para morar, definitivamente, em Marilândia.

Com a vinda do homem considerado santo, a fama de seus feitos se espalhou além da fronteira do estado do Paraná, fazendo com que muitas famílias vindas de longe estabelecem suas residências no local, transformando o povoado numa próspera vila, considerada grande para a época. Quem tinha mais dinheiro adquiria sítios ou fazendas e quem não tinha comprava os pequenos lotes de Santiago para construir casa e ali, perto dele, encontrar alento para seus anseios existenciais, na cura dos males da mente e do corpo.

Seis

Passados vinte e três anos da vinda de Santiago a Marilândia, Maria Edite vivia a experiência de participar de uma seita por ele criada e fundada com normas particulares, muitas delas com raízes distorcidas ou não na doutrina da igreja católica, a ponto de alicerçar a permissão tácita dos padres que assistiram as necessidades religiosas do povoado desde o início da colonização até a criação da paróquia com párocos definitivos. Os clérigos não ousaram impedir os fiéis de frequentarem a casa de Santiago, nem mesmo de participarem em outras orações e celebrações populares por ele ensinadas e conduzidas. Pelo contrário, mantinham com ele um relacionamento amigável e respeitoso, ao menos aparente.

Padre Ângelo Casagrande, pároco da cidade em 1953, na sua prestigiosa sabedoria, tinha por certo que se formasse um entrevero com relação à liderança de Santiago, alimentando fofocas e descontentamentos ou fazendo conjecturas em meio a suas homilias, perderia preciosas ovelhas de seu rebanho um tanto quanto oscilante na fé. Santiago, não menos diligente, sabia que perderia seguidores se causasse cisma com a igreja, tanto que não perdia uma missa celebrada na matriz, e exigia e cobrava a confissão permanente dos seus seguidores e a comunhão semanal de todos nas celebrações rituais.

Sem embargo desse respeito silencioso, Ângelo, padre da congregação dos oblatos de São José, escreveu uma carta ao bispo Dom Geraldo Proença Sigaud, com endereço à cidade de Jacarezinho, sede da diocese cuja circunscrição abrangia a paróquia Nossa Senhora das Dores de Marilândia. Na missiva, o pároco consignou questionamentos acerca da assertiva de seu posicionamento sobre a questão envolvendo Santiago e seus seguidores.

O bispo Sigaud não respondeu à carta, porém enviou a Marilândia um padre seu colega de seminário e deu sua confiança para sentir pessoalmente a situação e, mais tarde, entregar-lhe um relatório conclusivo.

Depois de chegar à cidade e descansar da viagem, padre Honório conversou pouco com padre Ângelo, porque pretendia primeiro visitar Santiago e ficar todo o dia em sua casa, fugindo do perigo de ser influenciado por preconceitos do responsável local pela igreja.

Para a casa de Santiago foi sem batina, vestido comumente, e se identificou como um visitante de outra cidade à procura de cura para sua sobrinha. Ficou por lá o dia todo. Comeu bolinho. Tomou café por diversas vezes. Almoçou de se empanturrar. Conversou com um, dialogou com outro. Pediu conselhos e ajuda a Santiago, que o tratou com cordialidade.

No final da tarde, voltou à casa paroquial e, após o jantar, resolveu propor uma conversa com o pároco, já que partiria na manhã seguinte.

— Padre Honório, qual foi a sua impressão? — indagou padre Ângelo, enquanto sacava a rolha de uma garrafa de vinho.

— Muito interessante.

O padre visitante passou a mão em sua barba densa e grisalha, olhando para baixo, a retirar os óculos de armadura quadrada de borda larga e preta.

Padre Ângelo permaneceu inerte, na expectativa da continuação da fala do colega, que continuou em estado de reflexão por alguns instantes até olhar para a garrafa de vinho, e enfim falar:

— As pessoas que vão visitar Santiago se sentem bem e felizes. Ele é um homem simples e alimenta o espírito dos seus seguidores com autoridade — disse em voz alta, e concluiu como se desejasse que aquela paixão de Santiago fosse a dos líderes eclesiásticos: — Com liderança, com convicção. Ele alimenta os pobres com o pouco que tem, dá de graça o que recebe de graça. Acredita fielmente no que diz. — Padre Honório bebeu um gole de vinho, reflexivo.

— E quanto aos métodos dos quais se utiliza para realizar a cura? — interpelou padre Ângelo.

— Isso não vem ao caso, caro padre! A força da cura não vem só daquele que a quer promover, mas também, e com bem mais potência, daquele que a quer receber. As duas forças se juntam e resultam numa energia como a proveniente do encontro de nuvens carregadas de gelo nos dias de temporal.

— Padre Honório, acontece que não é isso que aprendemos e pregamos — repisou padre Ângelo, mais para instigar e apimentar a conversa.

— O senhor tem certeza de sua verdade, padre Ângelo?

— A verdadeira verdade? Afirmo que apenas acredito na verdade que adquiri por conhecimento, mesmo assim efêmera, e naquela que assumi pela fé. Respeito as demais, mesmo sabendo que são às vezes desprovidas do trabalhoso hábito de pensar, ouvir, ler e refletir.

— Pensamos com semelhança, padre Ângelo. Infeliz quem se fecha em seus conceitos e não se abre para o novo. É como morrer de sede certo de que a água de que jorra à sua frente não passa de visão de delírio. Para mim, o pensamento que melhor se desenvolve é aquele capaz de extrair o novo do nada das entrelinhas.

— Frase bonita e aparentemente profunda, padre Honório, contudo me poupe do exercício do raciocínio e desenvolva concretamente a abstração, por favor, enquanto vou degustando esse vinho maravilhoso.

— Aquilo que está na linha corresponde a todo o céu de conhecimentos adquiridos pelo detentor da nova ideia, tanto na sua busca empreendida em decorrência de aptidões naturais, quanto nos saberes que dele se aproximaram de forma involuntária. O nada das entrelinhas surge exatamente do meio desse emaranhado aparentemente desorganizado, contudo repleto de lógicas individuais e coletivas. É interessante que esse nada também se aparenta, a partir daí, muitas vezes, como uma linha original, da qual se abre espaço para um novo nada, aguardando ansiosamente ser a mais nova linha — argumentou padre Honório e olhou para o teto como se buscasse algo distante, tomou mais vinho e perguntou a padre Ângelo: — O senhor já ouviu falar como afundou o navio *Titanic*?

— As notícias veiculadas na época informaram que o motivo foi o choque com uma enorme pedra de gelo. Só não me lembro o nome dessa montanha gelada.

— "Iceberg" — adiantou-se padre Honório, batendo a mão esquerda fechada sobre a mão direita aberta por ter se lembrado, e continuou: — Voltando ao assunto. Se pudesse comparar o conhecimento encontrado nas linhas com algo, usaria a imagem do "iceberg". Todo o saber está abaixo da linha da água, de fato grandioso em relação à ponta. Irradia sua temperatura fria até certa distância de onde se encontra e por onde passa. Contudo, não é pleno, e aparentemente falta pouco para atingir a plenitude, bastando apenas passar pela margem da água e atingir sua pequena ponta. — Padre Honório passou a mão pela sua careca no centro da cabeça e concluiu, sorrindo: — Ledo engano! Quando se passa da flor da água, a ponta da montanha de gelo não é nada diante do infinito que pode ser visto. Imagine o que se pode ver? A imensidão da abóbada celeste. Sem contar aquilo que os olhos ainda não enxergam a olho nu. Assim, há muita entrelinha ainda para se tornar linha. Penso que diante do criador, o ser humano nunca terá condições de obter o conhecimento pleno dessa entrelinha.

Padre Honório silenciou-se por alguns instantes, e antes que padre Ângelo esboçasse uma fala, continuou para concluir seu raciocínio:

— Atravessar a margem talvez possa significar morrer, e então conseguir enxergar mais longe para quem acredita em vida após a morte. Nesse caso, mesmo o menos inteligente de todos os viventes se iguala ao mais sábio e inteligente em conhecimento. Para aqueles que entendem que a vida termina com a morte, também se igualarão os idiotas e os sábios, afinal tudo acaba.

— Entendi, padre Honório. Realmente temos o pensamento convergente. Chegamos a ele por vias de raciocínio diferente, mas chegamos a ele.

— Quero lhe confessar uma última coisa, padre Ângelo. O homem olhou para mim de forma diferente todo o tempo, e na despedida, exortou-me a cuidar bem do meu rebanho, para minha surpresa.

— Ele é assim mesmo, padre! Ele é assim mesmo.

— Cuide o senhor também de seu rebanho, padre Ângelo. Relatarei a Dom Geraldo a ausência de anormalidades.

Cheia de esperança da reconciliação de seus pais por ser participante da promessa, Maria Edite, num dia de frio intenso, despojada de sua primordial preocupação, quis ajudar sua avó no enjambramento de defeitos da casa mal construída, com o fim de poderem enfrentar o inverno que chegava violento e trazia consigo ventos e geadas. Juntas, num trabalho banhado em conversas e muitas risadas, colocaram lençóis nas paredes, com o intuito de impedir a passagem do vento gélido que se infiltrava pelas frestas nas milimétricas distâncias entre uma tábua e a outra. Depois, espalharam papelão pelo chão na tentativa de corrigir os defeitos surgidos posteriormente no piso, ocasionados pela secagem das tábuas, pregadas ainda verdes, que por ação natural encolheram, formando vãos no assoalho.

Visando a aumentar seu sacrifício para alcançar mais rapidamente o milagre pretendido, Maria Edite manifestou à avó sua intenção ainda mais radical, no cumprimento de uma ação mais lancinante propiciada pela religiosidade popular sugerida por Santiago.

— Ano que vem, quero subir o Morro do Cruzeiro, para rezar a oração de 25 de março — Maria Edite proclamou quando colocou o último papelão no assoalho do quarto dos avós, com o rosto escondido pelos longos cabelos pretos que se estendiam até o chão.

— Não, Editinha. Isso eu não posso e não devo permitir — Lucidora assegurou, espantada e com os olhos arregalados, jogando o papelão no chão. Não demonstrava estresse, porém preocupação.

— Mas por quê, mãe *véia*? — Maria Edite levantou-se decepcionada, por ter certeza de que a avó gostaria de ver o seu empenho.

— Por dois motivos. Primeiro: não é todo mundo que pode participar. Você vai ter que conversar com o "padrinho Santiago", e ele não vai deixar, porque ainda é uma criança. Segundo: você não vai suportar, *fia*! É muito cansativo. Se eu bem te conheço, vai desistir, e isso não pode acontecer de jeito algum. É uma oração muito forte. Veja bem. A pessoa tem que se ajoelhar cem vezes, cem vezes levantar-se, cem vezes beijar o chão, rezar cem pais nossos, cem ave-marias. — Passando as mãos nos cabelos da neta, com carinho, complementou com ternura: — Você já está fazendo muito por seus pais, querida. Deus vê tudo, sabe de tudo e há de escutar suas preces.

Sentindo todo o amor da avó, a menina compreendeu seus esclarecimentos e decidiu desistir do intento. Apenas suplicou para que ela repetisse a oração.

Lucidora atendeu ao pedido da neta e acendeu uma vela perto da imagem de Nossa Senhora de Fátima, disposta sob uma toalha bordada de flores azuis, numa cantoneira da parede da sala, enfeitada com flores de plástico amarelas e vermelhas, com um botão de rosa branco dentro de um recipiente de vidro cheio de água. Em pé, em frente ao oratório, rezou baixo:

— Alma remida com sangue põe-se dura e forte na hora da morte. No campo de Jesus a faz. Jesus Cristo falará por mim. Arreda inimigo maldito Satanás, que esta alma, parte nela tu não tens. Porque eu sou aquele que no dia vinte e cinco de março cem vezes me ajoelhei, cem vezes o chão beijei, cem Aves Marias rezei, cem vezes me levantei. Amém.

Maria Edite acompanhou a oração apenas com o olhar, e se sentiu aconchegada com o jeito de a avó orar. Entretanto, não entendeu quase nada das palavras e do significado das frases, sentiu certo arrepio provocado pelo medo que lhe causaram.

A vela permaneceu acesa no oratório e as duas saíram para dar continuidade às tarefas singulares de Maria Edite naquele dia gelado. A próxima atividade restringiu-se na averiguação do cenário dos mantimentos da casa. Lucidora e Sebastião não eram detentores de grandes propriedades ou de variadas coisas. Possuíam apenas aquela chácara, os semoventes e insumos rudimentares pelos quais retiravam o necessário para subsistência. Também não eram ambiciosos e se mantinham a partir dos trabalhos domésticos de Lucidora, que cuidava dos assuntos do lar e recebia parcos cruzeiros advindos do plantio e da colheita de mandioca e batata-doce, bem como da venda de ovos cuidadosamente embalados com palha de milho, e do espírito empreendedor e trabalhador de Sebastião, que raramente voltava-se para o lucro, no arrendamento de terrenos de outros sitiantes para plantar feijão, arroz e milho, e assim colaborar no provimento da economia familiar.

— Por que a gente não come o arroz beneficiado na máquina de Marilândia? — perguntou Maria Edite, observando a avó socando o cereal no pilão.

— Sebastião não se dá com o arroz branco! Só gosta deste! Segundo ele, tem um sabor especial em razão de ficar um tanto quebrado. Para mim isso é mania, não é questão de gosto — Lucidora respondeu sorrindo em tom de gracejo, ao tempo em que ajeitou as palhas de milho sobre o arroz dentro do pilão, para que com a batida da mão os grãos não saltassem para fora. Arrematou: — Ele adora arroz grudento.

Em seguida, colocou o arroz socado na peneira, para separar os grãos com casca.

— Por que a Senhora separa estes? — Maria Edite apontou com o dedo os grãos que ainda não tinham sido descascados.

— Este com casca? É chamado capitão, se o deixar com os demais, seu avô faz uma tempestade em copo d'água se encontrá-lo no prato.

Peneirado o arroz, ainda dentro da tulha, Lucidora constatou que no saco de feijão tipo lustroso havia uma boa e suficiente quantidade, ao tempo em que no outro saco, o feijão preto atingia menos de um terço. Lamentou-se em voz alta, ao notar que o saco de feijão rosinha, apesar de repleto, ainda continha algumas vagens inteiras:

— Pelo jeito não foi bem batido com o manguá, porque algum preguiçoso não terminou o serviço.

No paiol, cômodo externo com dimensões em torno de quatro metros quadrados e cobertura de sapé, o monte de espigas de milho seco ainda coberto com palha atingia o teto, formando uma enorme montanha aos olhos de Maria Edite, que pegou duas espigas e as debulhou para as galinhas, que juntaram os grãos em frações de minuto, enquanto Lucidora completou um balde pequeno com espigas e as levou para os porcos. Arremessou o milho de uma vez para dentro de chiqueiro, para se divertir com Maria Edite a partir da algazarra fomentada entre os porcos, que esganados na disputa incontrolada para comer primeiro que o outro, grunhiram enlouquecidos ao serem abocanhados nas orelhas na ação violenta e hierárquica dos mais velhos e mais fortes, mas não menos esfomeados. Aquele tumulto fez Maria Edite dar gargalhadas e a avó se contentar com sua alegria. Assim que jogaram a última espiga, deixaram os porcos no chiqueiro, afinal um pouco mais tranquilos, e voltaram para o paiol. Dali retiraram mais algumas espigas do monte e debulharam dentro de uma pequena bacia. Novamente Lucidora trabalhou com o pilão. Despejou os grãos de milho no oco do artefato de madeira e socou até se transformar em quirera, que separou na peneira para consumo da família. O restante levou ao local onde estavam as galinhas agasalhando seus filhotes embaixo de suas asas protetoras e quentes. Os pintinhos rajados, amarelinhos e pretinhos, ao chamado da galinha, saíram para comer e pipiar ao mesmo tempo.

— Nossa, vó! Tudo o que a gente come é o vô quem planta?

— Não! Às vezes, vendemos uma quantidade separada, proveniente de cada colheita de milho, feijão e arroz, para pôr nas mãos uma soma em dinheiro suficiente para comprarmos aquilo que não temos como plantar ou que simplesmente não vale a pena o trabalho. Outras vezes, fazemos a troca entre produtos com os comerciantes da cidade.

Maria Edite, empolgada com a explicação da avó, sugestionou de forma implícita e criativa um jogo de perguntas e respostas. Dora aquiesceu prontamente à brincadeira, com desfastio:

— O trigo?

— Comprado e trocado.

— Açúcar?

— Comprado.

— Café?

— Trocado.

— Sal?

— Comprado.

— Alho?

— Comprado.

— Cebola?

— Comprada.

— Cebolinha?

Lucidora titubeou ao responder e quase falou comprado. Ficou no compr... as duas riram.

— É cultivada aqui mesmo, menina!

A avó abraçou Maria Edite, sentindo-se mais tranquila, já que foi percebendo que, embora de forma incipiente, sua neta voltava à vida, haja vista os primeiros oito meses marcados pelos constantes choros e pelas consecutivas lamentações diárias.

Passados dois meses, Maria Edite já não mais chorava nem se lamentava, mas sua esperança mantinha-se forte e firme como o maior pinheiro imponente entre os demais de sua espécie, brotado há mais de quatrocentos anos na parte mais alta do morro baixo, que se elevava próximo da casa do sítio. Lucidora fez questão de levar a neta para conhecer aquela araucária extraordinária, para que a menina também sentisse o contentamento por ela experimentado quando se deparou com a árvore pela primeira vez. Esse encontro fez com que se sentisse pequena diante do universo e se emocionasse ao olhar com deleite os raios do sol se infiltrando por entre as frestas de seus galhos.

Quando Lucidora percebeu que a esperança vivida por Maria Edite se transformava em sofreguidão, exteriorizada por diversas vezes em momentos de rispidez, quis lhe perguntar por que agia assim.

— Eu rezo, eu me visto assim e faço tudo certinho para cumprir a promessa, e até agora nada. Papai e mamãe continuam separados — respondeu Maria Edite, revoltada.

— É preciso ter paciência, *fia*! Viver o dia e não morrer o dia. Não viva o amanhã, pois ele ainda não existe. Muito menos viva o ontem, quanto a ele nada mais podemos fazer. Este momento é momento para amar. Eu me preparo para o dia de amanhã, mas não desejo que ele chegue logo, porque para mim seria o mesmo que gostar da ideia de que a morte chegue logo. Sim, pois cada minuto que passa, mais perto eu chego do fim da minha passagem por esta vida, momento que pode ocorrer daqui a pouco ou daqui a sessenta anos. Portanto, querida, apenas se prepare para o que almeja, e depois, quando se tornar realidade, receba-a sã de corpo e mente. Antes disso, mais nada pode ser feito, a não ser tudo o que você já fez, dentro de suas possiblidades.

Maria Edite, em silêncio, guardou aquelas palavras no coração, primeiro porque as compreendeu, e segundo porque havia aprendido a confiar na maneira sincera, amiga, carinhosa e amorosa com a qual Lucidora a tratava no dia a dia.

Oito

Desde a última vez que veio à casa de Lucidora, Zulmira não havia dado quaisquer notícias sobre o que fazia e se voltaria para rever a mãe e a filha. Olavo, em suas mais constantes visitas, quando perguntado respondia que nunca mais ouvira falar da esposa e que ela não aparecera por Faxinal, nem mesmo para fazer um simples afago aos filhos.

Foi exatamente nesse clima de amofinação provocado na mente de Maria Edite pela longa ausência da Zulmira, e por essa razão a conclusão de que a mãe não a amava, que num dia quente e ensolarado chegou a notícia de que Zulmira havia desistido de morar em Apucarana. Estava de volta a Marilândia definitivamente, porém, para morar na casa de Rusalina, sua irmã, sob o argumento de que não se sentiria à vontade para conviver na mesma casa com o pai, respaldada no conhecimento de que Sebastião ainda a praguejava pelos quatro cantos do mundo.

— Eu não vou lá — Maria Edite se posicionou no momento em que foi informada por Lucidora acerca da volta de Zulmira.

— Como não vai, *fia*? — balbuciou Lucidora com doçura. — Era o que você estava esperando! E se ela resolve ir embora daqui sem ver você? Não é momento para orgulho, agora. Há um apelo em seu coração para uma atitude positiva. Quem você acha que vai machucar, negando a ação? Se não agir pela voz de seu coração neste momento, isso poderá... Veja bem! Eu estou dizendo poderá... causar-lhe um mal maior no futuro, embaraçando os caminhos da felicidade, e sempre buscará algo a mais, diante da incompletude de um coração enfraquecido.

Maria Edite talvez precisasse daquelas palavras para fazer o que realmente seu coração mandava: saiu correndo com sua prima Paulina, que trouxera a notícia, em direção à casa da tia Rusalina.

Lucidora, com as mãos cintura, permaneceu inerte em seu lugar até a neta sumir na estrada. Só então sorriu e enxugou as lágrimas com o avental branco.

Chegando à casa da tia, Maria Edite olhou timidamente para Zulmira, sentada em uma cadeira de madeira, com as pernas cruzadas, usando um vestido verde-água. Zulmira não esboçou reação, apenas fixou o olhar na filha. O silêncio da troca de olhares foi quebrado pela explosão de alegria de Maria Edite, que correu para se sentar no colo da mãe e se pendurar em seu pescoço, expressando em seu semblante toda a felicidade incontida do amor.

— Mamãe, a senhora vai ficar para sempre comigo, de agora em diante?! — Às vezes essa frase surgia em forma de pergunta, às vezes de afirmação, mas sempre que via a mãe, não deixava de pronunciá-la.

Zulmira nunca fora de dar e demonstrar carinho aos filhos. Desse modo recebeu o abraço de Maria Edite, apenas deixando-se abraçar. Recebeu o carinho e confirmou, por fim, diferentemente das outras vezes:

— Eu vim para ficar.

Maria Edite, abraçada na cintura fina de Zulmira, não deu importância à sua afirmação, tão somente ergueu a cabeça e externou dúvida no olhar.

— As malas estão todas ali — Zulmira acrescentou e apontou para a porta da sala.

Inflamada pela ratificação, Maria Edite sentiu-se levitar ao compasso acelerado dos pulsos do coração. Chorou, sorriu, agarrou-se ainda mais ao corpo da mãe e nada conseguiu falar, impedida pelos embargos dos soluços.

Assegurada da sólida volta de Zulmira, Lucidora de imediato empenhou-se em manter contato com seu genro Olavo, por intermédio do filho João Vidal. Na primeira visita, João relatou que o cunhado vinha de considerável progresso em seus negócios na cidade vizinha, Faxinal. Outras vezes, percebeu que Olavo estava cabisbaixo, a ponto de surpreendê-lo chorando solitário, de confessar-lhe que a separação havia feito muito mal a ele, não só pela ausência de Zulmira, mas também pela distância da filha amada. João, ante a sinceridade do cunhado, informou-lhe sobre o retorno definitivo da irmã a Marilândia. Mas ele para sua surpresa esbravejou, xingou, praguejou e quase o expulsou de sua casa. No fundo de seus anseios, ele queria a reconciliação, mas o orgulho, mesmo que suave, não dava o braço a torcer.

Lucidora insistiu na sua empreitada, mandando outros recados por intermédio de João, sem resultado, até que resolveu ir pessoalmente a Faxinal.

— Boa tarde, Nhá Dora! O que faz por estas bandas? — Olavo disse, ressabiado ao ver a sogra entrando pela porta do bar.

— Vim prosear com você — a sogra falou com sua voz grave e com tonalidade amigável.

— Ah, sim! Vamos entrar. — Convidou-a para a sala adjunta ao bar, visto que o ambiente estava conturbado pela vasta freguesia, determinando ao seu experiente ajudante que assumisse o serviço sozinho.

— Nossa prosa será rápida, mas deveras importante — Lucidora foi direto ao assunto, já com a xícara de café nas mãos, servida por Olavo com o bule ainda quente retirado da chapa do fogão. — Você precisa perdoar a Zulmira, para que possam fazer a vida juntos. Eu sei que não é fácil, mas ela está disposta a retomar o casamento. Pense bem, Olavo, você é um homem bom, trabalhador e honrado nos seus negócios. Não custa tentar.

Olavo nada disse e Lucidora continuou:

— Pense na felicidade que proporcionará a seus filhos, principalmente para a Maria Edite, que até entrou para a promessa do Seu Santiago, visando a unir vocês dois novamente. Olha que não é fácil para uma criança fazer o que aquela menina faz. Eu sei que você ainda guarda dentro de si alguma fagulha de sentimento por minha filha. Não deixe que ela apague. Tente mais uma vez.

Com os olhos rasos d'água, Olavo jurou para a sogra que pensaria com carinho no assunto. Que se resolvesse voltar, apareceria em sua casa na semana seguinte.

Sogra e genro conversaram sobre outros assuntos aleatórios, e depois que se despediram, ele ficou em casa meditabundo. Ela foi embora esperançosa.

Maria Edite não ficou sabendo de qualquer minúcia desse trabalho que fora empreendido por Lucidora, porque ela, por cautela, teve receio de fundar na criança falsas esperanças. Foi com esse segredo que voltou para casa e aguardou pelo deslinde da trama, com comedida ansiedade.

Na quarta-feira da semana seguinte, Olavo, portando terno de gabardine branco, caneta preta no bolso do peito, sapato preto lustrado e chapéu cinza escuro, apresentou-se de pé diante da porta da casa da sogra. Maria Edite, quando avistou o pai, correu para se lançar em seus braços e acabou lhe sujando a calça com a terra vermelha grudada em suas sandálias. O pai não se importou e correspondeu com carinho. Passada meia hora, todos conversavam com entusiasmo em torno da mesa e do café com bolinho de chuva.

— Eu vim para... — Olavo foi interrompido por Lucidora, que pediu para Maria Edite fechar a janela do quarto.

— Não pode falar para ela ainda — advertiu-lhe sorridente, sussurrando. Ele não entendeu nem teve tempo para questionar, pois Maria Edite rapidamente retornou.

— Papai, a mamãe está morando aqui perto! Na casa da tia Rusalina! Por que o senhor não vai lá um pouquinho? — pediu dengosa e fazendo carinho no bigode de Olavo.

Olavo levantou-se de repente e bradou, certo de que a filha sabia das conversas com a avó:

— Eu vou agora.

Maria Edite sorriu incrédula, sem entender direito a ação do pai, porém alguma coisa remexeu seu coração, talvez o vento suave da esperança. Até pediu para acompanhá-lo, mas a avó a impediu, ao argumento que mais tarde iriam juntas.

Olavo foi bem recebido na casa da cunhada, que lhe ofereceu o que tinha para comer, remanescente em cima da mesa do café. Ele aceitou um cafezinho na xícara esmaltada em vermelho.

— Vamos conversar? — fitou Zulmira, que ainda não dissera uma palavra, nem esboçado qualquer sorriso.

Ela respondeu que sim e os dois saíram andando pelos caminhos rústicos da chácara. Conversaram sobre todos os problemas causadores da separação e chegaram até a discutir de forma branda sobre as questões mais relevantes. Comprometeram-se a não cair nos mesmos erros e selaram o retorno com um beijo demorado. Ali mesmo, embaixo do ipê amarelo florido e frondoso, amaram-se com o fogo impetuoso do instinto.

Quando voltavam à casa de Rusalina, foram vistos por Maria Edite e Lucidora, que vinham em sentido oposto.

— A mamãe e o papai estão de mãos dadas. Eles voltaram a viver juntos, mãe *véia*.

Maria Edite saiu em disparada ao encontro dos pais e Lucidora chorou, emocionada com a cena dadivosa que enfim se concretizava diante de seus olhos.

Mesmo depois da reconciliação, Sebastião não se sentia convicto para empregar confiança na filha. Olhava-a de esguelha e pouco lhe dirigia a palavra. Todavia, não a tratava mal, refreado pela presença de Olavo, por quem desempenhava encenação de respeito, agindo como homem polido e compreensivo. Essa dissimulada personagem constituiu, levando em conta a generosa quantia em dinheiro recebida do genro para suportar as frugais despesas por ele assumidas no compromisso de sustento de Maria Edite. Apesar do fato certo e próximo de a neta ir embora de sua casa, não seria de bom alvitre entrar em qualquer tipo de atrito com o genro, com mira em futuros possíveis favores financeiros.

Lucidora, feliz e sorridente a partir da restauração da união de Zulmira com Olavo, não deixou de aconselhar o casal, sem falhar um dia sequer ou em qualquer oportunidade que tivesse, para que não voltassem a morar em Faxinal. Dizia que "aquele lugar foi o pivô da separação".

Olavo, para atender às preces da sogra, vendeu tudo o que tinha em Faxinal por valores abaixo do preço, e com o dinheiro montou um bar mambembe em Marilândia, na tentativa de mais uma vez reascender economicamente. A família foi obrigada a morar numa casa velha de chão batido. Tudo ia muito bem me termos de relacionamento, a despeito do insucesso com o bar. A alegria constante se materializava nas brincadeiras, risos nos acontecimentos comuns e simples dentro de casa, e externamente durante os passeios pelo povoado ou pela zona rural.

Num domingo de intensa cerração, a família resolveu fazer uma breve visita ao sítio de tia Rusalina, onde acabaram almoçando, porque Olavo não resistiu ao convite para comer frango caipira cozido, carne de porco acondicionada na lata de banha e torresmo frito.

Na volta para casa, encontraram uma vasta plantação de melancia no ponto para ser colhida. João da Luz, Jazon e Maria Edite, cada um colocou duas melancias redondas embaixo dos braços e decidiram firmes e convencidos de que as levariam para casa. Olavo, homem experimentado na vida, alertou com sua voz grave, amável e simpática que não conseguiriam cumprir o compromisso, nem sequer com uma única melancia, ainda mais com os sapatos pesados de barro. Dito e feito, Jazon derrubou uma das suas, que com a queda rachou em três. Comeu-a. João da Luz, que vinha rolando as suas, ao ver a atitude de Jazon, lançou uma sobre a outra e rachou as duas. Todos comeram. Depois, Jazon praticamente jogou a segunda no chão, disfarçando desiquilíbrio. Comeu-a também. Maria

Edite, sentindo as dores nos braços provocadas pelo peso das frutas e calculando a distância que deveria ainda percorrer, desistiu da empreitada e arremessou o incômodo no chão. Comeram até se empanturrarem, e do nada começaram a rir, ao ponto de cair no chão molhado, sem forças para se levantar, em decorrência do torpor causado pela ingestão exagerada do açúcar da fruta aquosa e suculenta.

Ocorre que o bar montado por Olavo ia de mal a pior e mal dava para comprar alimentos para subsistência da família. Diante daquela situação precária, decidiu furar um poço com fim de aumentar a renda familiar. Mesmo assim, o rendimento obtido não resultou satisfatório para seu gênio arrojado, ciente de seu dilatado potencial empreendedor. Com esse pensamento martelando em sua cabeça, decidiu dentro da escuridão de um poço que terminava de furar, quando a água chegou em suas canelas, que ali em Marilândia não dava mais para insistir. Pensou: "Antes que a água bata na minha bunda...".

Apesar das recomendações insistentes de Lucidora, Olavo, em comum acordo com Zulmira, decidiu levar a família de volta para Faxinal, onde a vida havia lhe proporcionado uma situação econômica prestes a inseri-lo na classe média. Nada comentaram a respeito com Lucidora, que só ficou sabendo quando viu um caminhão saindo da cidade, transportando uma carga de mudança, com Maria Edite em cima da carroceria, feliz da vida, acenando-lhe adeus.

Nove

Com um mês de idade, Maria Edite foi levada por seus pais para Maringá, cidade do norte do estado, em açodada fuga de Marilândia em defluência de um infortúnio inesperado provocado pelo espírito aventureiro de Olavo.

Contados pouco mais de cinco anos de casados, Olavo e Zulmira viviam a vida matrimonial sem qualquer problema aparente, seja pela personalidade pragmática da esposa, seja porque somado a isso ela não se incomodava com o proceder promíscuo do marido, seja porque não queria acomodar em sua mente e em suas atitudes a construção moral imposta, particularmente pelos arautos dos irrepreensíveis comportamentos sexuais regrados e velados, transmitidos de geração em geração, e eminentemente válidos ao seu tempo, seja, por fim, pela sua ingenuidade acerca das doenças sexualmente transmissíveis. Zulmira perdera três bebês sem compreender o motivo, um menino e uma menina, respectivamente, natimortos, e o terceiro menino nasceu respirando, contudo, bastante doentio. O bebê, após o parto, perdeu gradativamente as camadas da pele, até que em menos de dois meses não suportou e faleceu, quase que totalmente despelado, com as carnes do corpo à mostra. Zulmira, por não compreender os motivos dos abortos e da morte sofrida do último bebê, assim que teve certeza da gravidez de Maria Edite, correu ao médico obstetra do Hospital Santa Terezinha de Apucarana e lhe pediu socorro para salvar a criança, com medo de mais uma vez ser surpreendida pela tristeza da perda. O médico se negou a revelar a ela os motivos ensejadores de seus problemas ginecológicos e submeteu-a a um tratamento intensivo para extirpar de seu corpo os males causados pela doença causadora das mortes dos bebês.

Olavo, com relação às mulheres, tinha sede insaciável de experimentar das águas dos regatos sinuosos que correm suavemente das cachoeiras, cujas correntes despencam das alturas dos penhascos, das lagoas calmas cercadas por florestas ou silenciosas no descampado, de uma gota que seja, da chuva mais pura caída do céu, da enxurrada vermelha de terra desprendida. Lamentava-se por não conhecer o mar! Procurava a mina com sede descomunal, gostava e bebia da água com longos goles. Saciado, abandonava a fonte por conveniência ou por oportunidade, e se recompunha no afã de explorador.

Foi porque Olavo bebeu da água de uma chuva turbulenta que se viu em situação temerária para continuar vivendo com a família em Marilândia. Envolveu-se com uma mulher casada, que recentemente chegara com o marido a trabalho, deslocado do estado de Minas Gerais. Sirsa, com seus 25 anos de idade, parda da pele bronzeada, lábios carnudos, olhos amendoados provocantes, logo que andou com elegância pela rua principal com o fito de comprar algumas bugigangas, despertou o interesse ávido de Olavo, que não perdeu tempo em perquirir informações detalhadas sobre ela. Logo descobriu que o marido fazia seus negócios em Apucarana (a trinta quilômetros de Marilândia) e às vezes até pousava por lá. De posse desse dado, esperou pelo surgimento de uma oportunidade que fosse fácil, repentina e favorável para agir. Numa tarde em que o sol foi tapeado por uma chuva repentina, quando porventura Sirsa andava pela rua despreparada e sem proteção, Olavo, na sagacidade que lhe era própria, pegou um guarda-chuva deixado por um freguês em outro temporal passageiro e ofereceu a gentil e interesseira ajuda à mulher objeto de seus desejos. Sirsa quis recusar a gentileza, mas acabou se convencendo em vista de chuva torrencial.

— Mas o Senhor está se molhando — disse Sirsa quando observou que Olavo mais a protegia que a si próprio.

— O mais importante para mim é que uma dama tão bonita e delicada não pegue um resfriado e fique doente, se eu tenho condições de evitar que isso aconteça.

Sirsa sorriu e deixou-se ser galanteada até a porta de sua casa.

Quando Olavo ia se retirando, sentiu que seu plano poderia dar certo, ao receber o convite para entrar até que a chuva passasse. Dentro de casa, Sirsa quis retribuir a gentileza e solicitou ao amável cavalheiro que retirasse a camisa, a fim de que ela a secasse com o ferro de brasas retiradas do fogão de lenha. Quando voltou com a camisa passada, nada mais impediu que os dois se enroscassem na cama, para a surpresa de Olavo, que não esperava alcançar o que pretendia com tanta rapidez e facilidade.

Os encontros sorrateiros entre os dois se repetiram por muitas vezes. Tudo feito com noventa por cento de conluio e dez por cento de execução, não causavam desconfiança em quem quer que fosse. Mas, como era de se esperar, com o tempo Olavo esfriou o relacionamento oculto, passando a combinar encontros esparsos e arrefecidos. Sirsa, porém, havia se apaixonado por ele, com o que remotamente ele contava. A amante, percebendo o distanciamento claro de Olavo, passou a fazer-lhe cobranças, as quais eram combatidas com a desculpa de que Zulmira o amava e que precisava dar toda a atenção a ela, tendo em vista que recentemente nascera sua primeira filha. Sirsa ainda assim não se conformava, e queria que ele deixasse mulher e filha para viver exclusivamente com ela, longe dali, num grande centro, onde estariam livres para o amor. Olavo, receoso da proporção calamitosa que o problema aproximava, em nítido desvio daquilo que havia planejado, no sentido de que seria temporário, decidiu dar um basta. De forma bastante rude comunicou sua resolução à Sirsa, que impetuosamente atirou-se dentro de um poço furado pelo próprio Olavo e seu amigo Atílio.

Assim que soube do desastre e que a amante não morrera, Olavo contou a Zulmira que Sirsa havia se atirado no posso porque ele não havia aceitado sua proposta de namoro, e ao ouvir que seu único amor era sua amada esposa, inconformada cometeu tal atrocidade contra a própria vida. Como ela continuava viva, apesar de ter se quebrado toda, procurou convencer a Zulmira do risco de vida que ambos corriam se Sirsa resolvesse abrir a boca e contar mentiras ao marido, por vingança de ter sido rejeitada. Por essa razão, era urgente fugir da cidade o quanto antes.

Olavo, com o amigo Atílio, cúmplice de todas as horas e companheiro de trabalho, e sua esposa Teodorica, a Tê, amiga de infância de Zulmira, contratou um caminhão de mudança. No dia seguinte todos partiram para a cidade de Peabiru, no noroeste paranaense.

Olavo e Atílio estreitaram ainda mais seus laços de amizade, e da mesma forma que trabalhavam juntos nas empreitadas pesadas da perfuração de poços, também frequentavam cabarés da cidade e da região em torno, gastando com mulheres parte daquilo que ganhavam. Zulmira e Tê se tornaram quase irmãs uma da outra, potencializando a amizade infantil na adulta, na fidelidade confessional em assuntos entre dúvidas e sentimentos escondidos no local mais recôndito da mente e do coração. Com o tempo, passaram a reclamar dos maridos, daquela desconfortável situação de desterro, e não escondiam o desejo e a necessidade de visitar suas mães, que já não viam há sete meses, desde a fuga de Marilândia. Diante da insistência das esposas, Olavo e Atílio deliberam unir o útil ao agradável e elaboraram um plano para poderem sair com outras mulheres para uma noitada completa, sem a necessidade de prestar contas em casa. Então, para colocar a estratégia em ação, foram ao restaurante à beira da rodovia, parada de caminhoneiros transportando toras do oeste ao norte, a serviço do abastecimento de serrarias e da exportação. Com paciência e dificuldade, acabaram encontrando um motorista que levava carga destinada a Marilândia, e com um preço menor que o valor da passagem de ônibus, ajustaram para que o desconhecido levasse consigo suas esposas e a criança de colo.

Naquela tarde, Tê e Zulmira, com Maria Edite no colo, entraram na cabine do caminhão Chevrolet Gigante 1942, verde com para-choques e para-lamas pretos. Em razão do pequeno espaço, o ajudante se aventurou na carroceria em cima das toras.

Chegando a Apucarana, o motorista, um homem de alta estatura e bigode esbranquiçado, com idade por volta dos 40 anos, parou o caminhão embaixo da sombra de uma mangueira, alertando que havia sério problema com o motor. O ajudante, um pouco menos experiente, rapaz de 22 anos, encorpado por natureza, desceu da carroceria e foi ao encontro do motorista sem compreender o motivo da parada.

— Oh, Lima! Por que paramos? — gritou de longe, direcionando-se para a traseira do caminhão, onde o motorista o aguardava fumando um cigarro.

— Fale baixo, Jamil! — Lima acenou com a mão e continuou: — A questão é a seguinte: o caminhão está com defeito no motor e teremos que pousar por aqui! Está entendendo o que eu quero dizer?

— Sim! Vamos repetir o que fizemos em Cambará. — O ajudante colocou a mão no queixo e ponderou: — Só que as duas aí são casadas e uma delas está com bebê de colo.

— E daí? — Lima disse em tom despreocupado, saindo em direção à cabine para repassar a notícia às passageiras.

— Mas nós não temos um trocado sequer para alugar um quarto para nos acomodar — exaltou-se Tê.

— Não se preocupe com isso. Pode deixar que eu resolvo — sustentou Lima.

Tê contava com seus 19 anos, um a menos que Zulmira. Juntou-se com Atílio após ter se separado do primeiro marido, com o qual teve um filho, morto naturalmente após o nascimento. Era uma mulher alta, da pele escura e olhos pequenos, lábios grandes, cabelos pretos e crespos, desembaraçada na fala e livre na risada. Foi a partir desses atributos de Teodorica que Lima atiçou sua libido, sem se atentar a quaisquer escrúpulos quanto a seu marido, que no seu entender rotulado, entregou-lhe a mulher no prato. Pensando assim durante a viagem, traçou o esquema para atingir seu propósito. Alugaria somente dois quartos: um para si e Tê e outro para Jamil e Zulmira. Caso as mulheres apresentassem resistências, daria um jeito para continuar a viagem. Contudo, para seu fascínio, as duas, ligadas por uma longa amizade, cujos pilares se fundiram em dose sólida de cumplicidade, apenas se olharam e não fizeram qualquer tipo de objeção à divisão de quartos proposta.

Numa cama de solteiro, Zulmira acomodou Maria Edite coberta por uma manta bege e deitou-se com Jamil, com quem viveu pela primeira vez uma noite de sedução e conjugação lasciva à margem do casamento. Para ela tudo transcorreu na mais completa naturalidade e não houve mais tarde um instante sequer de manifestação, pífia que seja, em seu coração de pesar do arrependimento. Portanto, com essa coerência, no outro dia de manhã acordou, vestiu-se, preparou a mamadeira para Maria Edite e esperou Jamil fora do hotel, sentada no banco da recepção.

Quando Tê saiu do quarto com Lima, as duas se olharam novamente. Tê sorriu, fazendo graça, enquanto Zulmira, ninando Maria Edite, apenas correspondeu de seu modo peculiar, expressando bom humor apenas com os olhos.

Os quatro subiram numa charrete, ante a inexistência de táxi na cidade, para voltarem ao caminhão. Logo no primeiro quarteirão, toparam com primeiro marido de Tê, que parou e se mostrou um tanto surpreso com a cena que acabava de ver. Nada disse e continuou seu caminho normalmente.

Lima pediu para o charreteiro parar em frente a uma loja de peças automotivas e trouxe de lá um pacote fechado. Assim que chegaram onde estava o caminhão parado, abriu a tampa do motor e simulou o conserto do problema inexistente. Retomaram a viagem. Chegando a Marilândia, Tê tomou o caminho da casa de sua mãe, e Zulmira de seus pais, acompanhada de Jamil, que insistiu em levá-la, caso precisasse de ajuda para carregar a criança.

— Quem é você? — Lucidora, rispidamente, perguntou a Jamil ao vê-lo com Maria Edite nos braços, ao lado de Zulmira. Antes que o rapaz esboçasse uma resposta, arrancou a criança de seu colo e o detonou com uma saraivada fulminante de xingamentos: — Some da porta de minha casa, seu vagabundo! Nunca mais apareça aqui, cafajeste, cachorro sem vergonha!

Lucidora virou-se para o fundo do quintal, sem dar atenção ao jovem que se explicava sobre a situação de forma rudimentar, como se estivesse surda. No estado de nervosismo que dela se apoderou, aos berros chamou os cachorros:

— Cravinho, Traíra, Lili, Tigre! Vem, vem! Aqui! Pega!

Zulmira, receosa do que poderia acontecer a sua frente, gritou:

— Foge, rapaz! Os cachorros vão te estraçalhar.

Jamil, sem perder um segundo, saiu em disparada, tropeçando nas pedras, apavorado com os cães que partiram no seu encalço. Acabou degringolando numa ribanceira íngreme e pedregosa e sumiu no remanso do riacho, a som do latido dos cachorros guapecas, decepcionados por não terem cumprido completamente a tarefa, que só voltaram para casa em obediência ao comando da dona. Aí sim, chegaram abanando o rabo de contentamento pelos elogios e carinho recebidos. Jamil? Nunca se soube no que deu.

— Mãe, ele veio para me ajudar e... — tentou reclamar Zulmira, interrompida com autoridade pela mãe.

— Fique quieta você também, antes que eu resolva contar para seu pai. Você é mãe de uma criança de colo, minha filha. Onde está com a cabeça? Chega desse assunto, não quero saber de detalhes. Não quero saber de nada, apenas quero abraçá-la e papariçar minha neta.

Lucidora, dotada de uma intuição extremamente aguçada, não tinha dúvidas de que havia acontecido algo extraordinário com a filha. Seu coração não a enganava, e dessa vez batia num compasso insólito e se comprimia em seu peito. Ela estava certa. Alguns dias depois tudo se confirmou, com o alastramento, pelo povoado e pela região, das fofocas difundidas pelo ex-marido de Tê, que além de falar o que realmente viu (Tê e Zulmira passeando de charrete com dois estranhos em Apucarana), aumentou a história para além da imaginação, por despeito ou por rancor desenvolvido após a separação meteórica de Tê.

O boato disseminado chegou aos ouvidos de Olavo e de Atílio, que se sentiram idiotas e se viram como os grandes causadores das raízes lastimosas que resultaram de seu plano de malandragem, de forma especial pelo peso que sentiam em suas cabeças a cada olhada dos conhecidos nos lugares por onde passavam.

Olavo, irritado e envergonhado, passou sem delongas por Marilândia, para levar Zulmira e Maria Edite embora para Faxinal, em busca de um recomeço, mesmo porque já recebera naquela cidade uma proposta promissora de negócio para tocar.

Dez

Olavo e Zulmira, com Maria Edite no colo, viram-se estagnados em frente ao mais novo, e segundo Olavo, auspicioso empreendimento da família: um quiosque de dois metros de largura por três e meio de comprimento. O bem foi adquirido por Olavo com o dinheiro da venda de um terreno em Peabiru e outro em Maringá, entre os cinco lotes urbanos abandonados por ele e posteriormente perdidos por ausência de registro no cartório de imóveis. Vendera os terrenos por desprezível quinquilharia, instigado e açodado pela situação vexatória que impôs a si mesmo, ao incentivar Zulmira a viajar com o caminhoneiro desconhecido. Zulmira se mostrou corajosa e confiante no tino empreendedor de Olavo, apesar da perplexidade ante a aparência do bizarro local do seu mais recente ganha-pão. Além de pequeno e revestido em madeira, inclusive no telhado, o piso era sustentado por rodas, podendo-se disso concluir que detinha o condão de ser transportado de um lugar para outro, por inteiro. No espaço interno não havia divisões e a única porta de entrada estava nos fundos. Na parte da frente apresentava uma abertura da altura da cintura até o teto, com balcão externo removível. O fechamento e a abertura desse vão, destinado ao atendimento dos clientes, davam-se pelo movimento da tampa tipo basculante, estendida para cima e travada por ripas afixadas nos extremos das laterais das paredes do quiosque e da própria tampa.

Pelo caminho, antes da chegada a Faxinal, Zulmira negara com veemência a verdade dos boatos disseminados em Marilândia. Olavo, por sua vez, preferiu acreditar na versão da esposa, e naquele momento da apresentação do quiosque, mostrava-se apreensivo com uma reação adversa por parte dela. Ele mesmo se queimava de insegurança, com receio de submeter mulher e filha a momentos difíceis, caso sua audaciosa, porém raquítica iniciativa, caísse por terra. Por essa razão, sorria desconcertado.

— O que você acha da minha nova empresa? — decidiu perguntar, visto que Zulmira mantinha-se inerte, sem dizer uma só palavra.

Ela nada respondeu, e inesperadamente caiu na gargalhada incontrolada. Ele, por sua vez, ora olhando para o quiosque, ora para Zulmira, refletiu sobre a palavra que acabara de mencionar. Primeiro ficou sério, ainda mais que era muito raro ver Zulmira gargalhando. Depois reconheceu que a conjuntura merecia mesmo umas boas gargalhadas e juntou-se a ela para rirem juntos, abraçados, selando naquele momento o retorno da paz, sem a necessidade de mais prolações e justificativas.

Utilizando sua capacidade comercial e administrativa naquele pequeno e sofrível espaço oferecido pelo quiosque, Olavo retomou com expertise os rumos da economia familiar desejada. Ali vendia salgados, bebidas alcóolicas como cinzano, cachaça, ferruquina, bebidas doces como guaraná e "colinha", suco de limão, além de cerveja. As bebidas doces e a cerveja eram acondicionadas em um buraco cavado na terra nua para resfriamento, pois ainda não existia usina para produção de energia elétrica na cidade.

Ao anoitecer, Olavo acendia as lamparinas, fechava o tampo do vão dianteiro do quiosque e destravava o balcão externo, para num colchão improvisado dormir com Zulmira e Maria Edite, agora com quase nove meses. Naquele lugar, Zulmira teve mais dois abortos espontâneos, e somente quando engravidou de Jazon decidiu com o marido, pelo bem da criança, alugar uma casa maior e mais aconchegante, com três cômodos, localizada a poucos metros de distância, na frente do quiosque.

No dia da mudança, Olavo contratou um vizinho para transportar o quiosque, crente de que seria possível levá-lo integralmente de um lado para o outro da rua, escorado na funcionalidade das rodas de madeira com eixos, afixadas no seu piso.

— Isso não vai dar certo — exclamou Zulmira, vendo o vizinho amarrar cordas nas laterais mais baixas do pequeno boteco de madeira, prendendo-as nos arreios de um corpulento cavalo bragado.

— Fique tranquila, afinal de contas, o quiosque tem roda para isso. Para ser transportado — mitigou Olavo aparentando firmeza, porém intimamente hesitante.

O cavalo foi regido pelo seu condutor a andar bem devagar, empregando força para que o quiosque paulatinamente saísse do lugar onde estava parado há mais de ano. Maria Edite acompanhou a estratégia, fazendo movimentos involuntários com as mãos. Olavo cerrou os dentes e sentiu gotas de suor se locomoverem por debaixo do chapéu. Zulmira cruzou os braços, incrédula e séria, apesar de torcer para que desse certo. No meio da rua, quando tudo parecia possível e perfeito, o quiosque se abriu em quatro partes, que se estatelaram no chão, provocando um estrondo apavorante. O cavalo, assustado, saiu em disparada, dando coices para todos os lados, numa luta ensandecida para se livras da lata de querosene vazia que enroscou na corda dos arreios, como que perseguindo, espalhafatosa, o animal, por metros a fio, até se soltar num encontro aleatório com o mourão de um portão.

— Eu não te falei! — Zulmira repreendeu Olavo com autoridade, ante a concretização de sua profecia.

Ele, na sua pachorra peculiar, apenas tirou o chapéu da cabeça e com ele abanou o rosto, sorrindo para Maria Edite que batia palmas com alegria pelo espetáculo proporcionado gratuitamente e não programado.

A fama do quiosque havia se espalhado e aumentou ainda mais depois que fora reconstruído na frente da nova casa alugada, quando Olavo, fundamentado na culinária de São Paulo, com a qual teve contato no curto período em que trabalhou naquele estado, ainda solteiro, repaginou uma receita deliciosa para duas montagens para sanduíche. Um dos lanches levava carne de boi, e o outro lombo de porco, acompanhados de condimentos e outros produtos de acordo com o pedido do freguês, inclusive na quantidade de pimenta. O dinheiro entrou fácil e vultoso no caixa, dando condições serenas a Olavo para, em menos de cinco anos, alugar uma casa maior e mais confortável, onde montou um bar com quatro portas largas com vidros fixos na parte superior. Passou a utilizar, visando a aprimorar o atendimento noturno e proporcionar momentos lúdicos para os fregueses, lampião a gás Petromax e mesa de sinuca. O boteco contava com balcão largo e extenso e dispunha de prateleiras repletas de bebida, onde se viam expostas garrafas de conhaque, "vermuth", cachaça Às de Ouro, fernet, vinho quinado, entre outros. Num local apropriado, exibiam-se os cigarros de nome Continental e Mistura Fina, e do outro lado do balcão, o fogão não dava trégua às frigideiras sempre quentes para o preparo dos sanduíches evoluídos e inovados com o acréscimo de linguiça, peixe e carne moída. Olavo, sem qualquer constrangimento, fazia o papel de garoto propaganda de si mesmo, gritando pela rua em alto e bom som: "Vamos chegar, minha gente! Venha experimentar o sanduíche do Olavinho. É muito bom e barato! O melhor da região! O melhor do Brasil!" Além disso, contratou verbalmente dois irmãos adolescentes, cantores de música caipira, para atrair a freguesia ainda com mais frequência: Nelsinho e Chiquinho, o primeiro no violão e o segundo no cavaquinho. Eles cantavam as músicas de Tonico e Tinoco, causando um alvoroço de gente que se aproximava para ouvi-los, e que com isso gastava dinheiro comprando os quitutes e as bebidas disponíveis no bar. Os meninos cantores, por sua vez, traziam um balaio médio em todas as suas apresentações, que logo após a cantoria carregavam para casa, lotado de alimentos até a boca, além de pequenos valores recebidos em moeda.

Maria Edite, com quase 6 anos, brincava por todos os cantos do quintal aberto sem cerca e desfrutava de trânsito livre dentro do bar. Foi numa dessas suas visitas ao boteco que ouviu um senhor do sítio pedir sanduíche de pernil de porco e um pote com pimenta cumari em conserva. Encostada, curiosa, no balcão, pôs-se a observar o homem, típico caipira, camisa xadrez marrom e vermelha, calça larga de brim surrada enfiada na bota estorricada. Em frente ao balcão bebeu uma dose de pinga, e acanhado, solicitou ser servido na mesa. Sentou-se na cadeira, colocou o chapéu de palha no canto da mesa, esticou as pernas e aguardou olhando pela porta do bar, espiando o movimento. Olavo, antes de servi-lo, pegou uma cerveja dentro do buraco cavado na terra, vedado com uma portinhola para a manutenção da temperatura. Levou tudo à mesa. O freguês tirou do pote uma colher pela metade da pimenta vermelha e verde, levou-a à boca e mastigou como se estivesse triturando milho torrado, comeu um pedaço do sanduíche e refrescou o ardume com um bom gole de cerveja. Assim que terminou, pagou satisfeito e saiu do bar suando até as sobrancelhas.

— Papai, eu quero comer o que aquele homem comeu — pediu Maria Edite a Olavo.

— Menos a pimenta e a cerveja. Não é? — Olavo gracejou com a filhinha.

— Cerveja não quero, mas a pimenta sim! Parece muito gostoso.

— Você não vai conseguir comer! É muito ardida. Não tem o que tira o ardume depois que vai para a boca — alertou o pai com afabilidade.

Maria Edite insistiu e Olavo redarguiu, persistiu até que ele fez como ela queria, não sem antes ter se certificado de que Zulmira não entraria no bar. A menina, quando viu o prato em cima da mesa com o vidro de pimenta, quis repetir o ritual executado pelo freguês. Sua boca salivou de vontade e apetite. Tacou para dentro da boca com exagerada gana logo quatro pimentas. Traiçoeiras na aparência à vista do ingênuo, ao serem esmagadas pelo peso dos dentes molares, impactaram instantâneas lágrimas nos olhos assustados da menina audaciosa. Ela tentou as engolir por orgulho e contra a sua vontade, mas foi derrotada pelo abrasamento e saiu em agonia, cuspindo para fora da porta do boteco, seguida por Olavo, que aguardava o desfecho da aventura da filha com um copo de guaraná nas mãos.

— Quero mais, papai — Maria Edite pediu chorando, ao perceber que a dor não passava.

— Da outra vez, ouça seu pai, minha filha! Lembre-se sempre: eu só quero seu bem — aconselhou Olavo, enquanto corria para buscar mais refrigerante.

Maria Edite dispunha de uma liberdade razoável, proporcionada por seus pais. Olavo era um pai presente e extremamente amoroso, qualidade externada por seus carinhos e mimos. Vivia extasiado com os filhos, fazendo transparecer em seus gestos o afeto gratuito e a serenidade espontânea com que tratava as situações inéditas e inesperadas jogadas no seu colo de pai. Muitas vezes, apesar de saber antecipadamente do resultado de suas concessões, abandonava-se ao arbítrio da sorte, porém nunca afastado do pêndulo na responsabilidade.

Zulmira, a seu modo, também dava liberdade aos filhos, não obstante não se revestisse do papel de mãe carinhosa, bajuladora e compreensível. Cuidava de seus rebentos com instinto maternal, protegendo-os como a onça age com os filhotes, mas nada de abraços, beijinhos e aconchego. A liberdade dava com antecipação e avisos acerca do perigo e das consequências dele se concretizar em fato: você pode fazer, mas se sua ação gerar tal consequência, vai apanhar. Essa era a máxima, lei da qual não se vislumbrava perdão. A pena pelo descumprimento da ordem seria aplicada, sem compaixão. Se a criança não aprendesse com a fala, aprenderia com a vara. Olavo não se intrometia na maneira como Zulmira educava as crianças, apesar de tomar todas as dores delas, sofrendo com elas, e às vezes livrando-as da ira da esposa, sem que ela se apercebesse. Zulmira também não se manifestava com aprovação ou reprovação sobre o comportamento de Olavo. Dessa forma, nunca brigaram ou discutiram sobre a questão. No mais, apesar de o bar ser geminado à residência, com passagem de um espaço a outro apenas pela porta dos fundos, o casal nem sempre via os comandos dados por um ou pelo outro na educação da prole.

Numa manhã ensolarada de verão, quando o azul dominou a abóbada celeste e se encontrou, não muito distante, com o verde-escuro das araucárias que invadiam com senhorio o chão vermelho da pequena Faxinal, ainda em fraldas, muitas mulheres do vilarejo desceram até o riacho São Pedro para procederem à lavagem de roupa, tendo em conta que não havia água encanada ou qualquer outro meio mecânico de transporte de água para abastecimento urbano. Por isso, a água utilizada para a higiene pessoal, consumo e limpeza superficial da casa tinha que ser transportada em baldes do rio até as residências. Ante a inexistência de caminhão pipa ou outro meio, pagava-se determinada quantia ao velho Salvino, antigo morador do povoado, que se especializara no trabalho de aprovisionar os reservatórios dos tambores adaptados como genuínas caixas d'água, manuseados para o transporte de óleo, com capacidade de duzentos litros. Seu Salvino, esbanjando força física aos plenos 60 anos, desempenhava seu mister carregando nos braços baldes cheios de água do rio até as casas e baldes vazios das casas até o rio, desde o amanhecer até o entardecer, parando só para o almoço. Entretanto, a população aumentava dia após dia, e por essa razão a água advinda desse serviço não devia ser usada para lavar, por pacto social implícito.

Zulmira também desceu ao rio com as outras mulheres e levou consigo Janda, a empregada doméstica, e Maria Edite.

— Vou buscar grimpa de pinheiro, Dona Zulmira — Janda se prontificou prestativa.

— Se encontrar algum nó de pinho, traga também. O fogo ficará mais consistente — solicitou Zulmira à empregada, enquanto enchia com água a lata, outrora utilizada para emalar querosene, para iniciar a fervura da roupa.

— Eu também quero ir, mamãe — exclamou Maria Edite.

— Você não! Para chegar lá é preciso atravessar a correnteza. É perigoso para criança — asseverou Zulmira.

A mãe, de longe, insistiu para Maria Edite não ir. Ela colocou as mãos para trás e, fitando Zulmira, insistiu que queria ir. Já indo, foi. Zulmira, gritando para ser ouvida ante o borbulhar da correnteza, desferiu o ultimato:

— Se cair, vai apanhar. — E continuou separando as roupas sujas.

Atravessando o rio pelas pedras salientes, Maria Edite olhou para baixo, fixando-se no movimento da correnteza da água, o que lhe causou inesperado aturdimento, e embebida por essa sensação, caiu desiquilibrada aos gritos. Janda voltou depressa de onde estava adiantada e retirou-a da água, toda molhada. Maria Edite se virou amedrontada procurando pela mãe para atestar se ela havia assistido à cena e desesperou-se ao vê-la, à distância, esperando-a com a vara na mão. Maria Edite, por experiência própria, não tinha dúvidas naquele momento de que escaparia da punição. De fato, depois de penalizada sem complacência, Zulmira a despiu e a colocou nua em um espaço improvisado, contornado por um cobertor cinza fixado em galhos fincados no barranco. Ali ficou soluçando até a sua roupa secar.

Mais tarde, Maria Edite entrou correndo pelo bar e Olavo não deixou de notar que suas pernas exibiam vergões intervalados e avermelhados.

— O que aconteceu, minha filha? — Segurou a menina pelo braço enquanto pôs o pano de prato no ombro.

— A mamãe me bateu — respondeu com dengo.

— Vem cá, o papai vai cuidar de você. Onde já se viu, bater numa menina tão boazinha.

Olavo pegou a filha nos braços e a ninou, entoando uma melodia infantil. Ela se sentiu novamente amada e saiu faceira, em seguida, para continuar de onde parou quando entrara correndo no bar.

Onze

João da Luz, o caçula, nasceu na casa nova. Passados mais de dois anos de seu nascimento, Zulmira encetou insatisfação com o fato de o menino, até então, não ter deixado de mamar no peito. Empreendeu buscas por informações acerca de todos os métodos utilizados por outras mães que passaram por situação idêntica, para se desincumbir daquele encargo materno que se estendia no tempo de forma anormal, segundo seu entendimento. Uma avó e mãe dizia:

— Substitua os peitos por papinha!

Outra:

— Peça para a empregada dar a papinha em seu lugar.

Ou:

— Isso só resolve com o tempo, tem que ter paciência.

A última, num breve encontro com Zulmira na padaria da esquina, receitou:

— Coloque losna no bico dos seios. Não tenho dúvidas de que funcionará.

Voltando da padaria para casa depois daquele último conselho, Zulmira apressou-se ao visualizar os relâmpagos rasgando o céu acima da mata das araucárias, proporcionando no final daquela tarde um bonito e apavorante espetáculo de energia em contenda, iluminando as velozes nuvens escuras carregadas. Não deu tempo de colocar os pés na porta do bar, o vento impetuoso e ensandecido abriu e fechou as janelas com toda a força e a chuva enfezada desceu violenta. A tempestade aterrorizante fez a casa tremer e cantar. Olavo se mexeu com destreza para fechar as portas do bar e Zulmira correu para o interior da casa para, da mesma forma, trancar as janelas pelas quais a ventania entrava, derrubando pelo chão as bacias e as panelas alumiadas organizadas na bateria de alumínio.

— Mamãe, estou com medo — disse Maria Edite, saindo do quarto com um cobertor nas mãos.

— Vá lá com seu pai. Foge! Ligeiro! — respondeu Zulmira, nervosa com a bagunça da cozinha encharcada.

Maria Edite desde muito cedo sentia medo de certos fenômenos criados por sua mente, invisíveis aos olhos alheios. Desde os tempos vividos no minguado e apertado quiosque, onde dormia com seus pais embaixo do balcão, por falta de outro espaço apropriado, via um fogo que se iniciava ao longe e ia se aproximando lentamente até pairar sobre si. Era uma chama diminuta verde em movimento, que mais perto de seus olhos se avolumava, adquirindo um tom azulado. Assim que pressentia o início da ocorrência incomum, escondia-se amedrontada embaixo da coberta ou pedia pelo socorro de Olavo, que, mesmo cansado, encostava na parede e colocava a filha no colo, tapando seus olhos com a mão, até sentir seu adormecer. Assim como aquele fogo, as tempestades despertavam um estado de turbulência involuntário em Maria Edite, e quanto mais raios e relâmpagos, maior era sua tremedeira. Para seu alívio, a tempestade daquele dia foi vertiginosa e passageira e a calmaria reinou predominante, a não ser pelo insistente som do riacho, que correu enfurecido, desavisado da invasão repentina das águas torrenciais das enxurradas barrentas avermelhadas, que engordaram seu leito, vindas de todos os lados da redondeza, inclusive das ruas descalças. Arrastava folhas e galhos dos pinheiros arrancados à força pela fúria do vento hostil, gerado do encontro amoroso do ar quente (hóspede passageiro da região) com a massa de ar frio (visitante fortuita das alturas acima das florestas do norte paranaense). A esse timbre dormiram na mesma cama Olavo, Zulmira, Maria Edite e Jazon, este último ainda acordado com os grandes olhos verdes arregalados, agarrado ao pai. João da Luz, em plena paz, adormeceu em seu berço ao lado da cama, depois de se alimentar no seio da mãe, que a seu turno alimentava um novo plano para desmame, a pôr em prática no dia seguinte.

— Vai, Maria Edite, à casa da vizinha buscar um pouco de losna para mim — Zulmira ordenou, logo após o café da manhã.

— Losna! O que é isso, mamãe? — indagou Jazon, com caras e bocas.

— É uma folha de mato — respondeu Maria Edite se antepondo à mãe, e complementou: — Eu já vi.

— Ah bom! Pensei que fosse algo parecido com lesma. E para que serve, mamãe? — perguntou novamente.

— Não interessa! Vá logo, Maria Edite.

— Mas, e se o bode estiver lá perto, o que faço?

— É só você não chegar perto dele. Agora, vá!

A vizinha, Dona Amélia, tinha um bode grande e adulto, do corpo amarelado e da cara preta, com chifres compridos. Maria Edite e Jazon, além de outras pessoas, já sofreram cargas ao passarem por perto do animal, mas conseguiram escapar de suas investidas traiçoeiras.

Maria Edite saiu de casa trajada com seu vestidinho vermelho, cujo comprimento atingia a altura do joelho, e as mangas pela metade dos antebraços. No busto, o modelo exibia imagens de casinhas azuis sobre as quais sobrevoavam andorinhas em simples traços pretos. Depois de colocar em suas mãos as folhas de losna doadas gentilmente pela vizinha, parou para olhar a vala funda provocada pela erosão da constante passagem das enxurradas na beira da rua sem calçamento e se abaixou para colher flores silvestres lilases e amarelas abundantes, brotadas naturalmente ao redor. Distraída colhendo as flores, sentiu um baque no bumbum de uma força capaz de arremessá-la para dentro da valeta repleta de lama remanescente da chuva do dia anterior. Enlameada dos pés à cabeça, virou-se e viu o bode na beirada da vala, de peito estufado pelo cumprimento de seu mister. Sentada, gritou e chorou, esfregando as mãos impregnadas de barro vermelho no rosto, com os olhos fechados. Para ela, a situação era mesmo de chorar, mas para quem a viu segurou o riso por enxergar nela somente o branco dos olhos e dos dentes.

Olavo chegou primeiro, atento ao local de origem do pedido de socorro, e logo intuiu o desastre quando viu o bode se afastando do buraco.

— Por que a senhora não prende esse bode? Um bicho assim não pode viver solto — Olavo repreendeu a vizinha, Dona Amélia, que chegava ao local ofegante.

— Que tragédia, meu Deus. Coitadinha da Editinha — lamentou-se a vizinha, sem se incomodar com a repreensão de Olavo.

Zulmira também chegou, e no seu silêncio do olhar, constatou a comicidade da cena.

Olavo colocou a filha no colo e a levou para tomar banho. Depois colocou-a sentada em seus ombros e a carregou até a casa de um benzedor famoso na cidade, ao qual pelo menos duas vezes por mês levava Maria Edite para amenizar seus medos recalcitrantes.

— A menina vai ficar boa — afirmou Antinha, após passar folhas em volta da cabeça da carecida de fluidos positivos e rezar sobre ela, sussurrando orações insondáveis e díspares.

Antinha recebera esse apelido em razão de sua proeminente barriga e das avantajadas ancas. Para ele tudo se resumia na paz e nunca se incomodou com a alcunha.

Na volta para casa, Olavo botou Maria Edite sentada em seus ombros e passou a cantarolar canções da Bahia, seu estado natal:

— "Tudo em volta é só beleza. Céu de abril e a mata em flor. Mas assum preto, cego dos zóio, não vendo a luz, ai, canta de dor. Mas assum preto, cego dos zóio, não vendo a luz, ah, canta de dor. Talvez por ignorância, ou maldade das pior, furaro os zóio do assum preto. Pra ele assim, ah..."

— Papai, o que é "ingnorância"? — Maria Edite deu um leve tapa nas costas de Olavo, cortando sua música.

— Não é "ingnorância"! É "ignorância"! O ignorante é aquele que não tem conhecimento sobre algo.

— Hum! Conta uma história para mim?

— Tinha uma velha chamada Vitória, encolhia uma perna e espichava a outra...

— Essa não! É muito feia! Conta outra.

Olavo soltou uma gargalhada com a indignação da filha e engatou noutra historinha cantada, para agradá-la:

— Editinha é bonitinha! Ninguém diga que não! Parece um cravo branco rodeado de botão. — Virou o rosto para cima para perceber a reação dela. Notou que continuava séria. Então repetiu a canção, até que ela se dobrou e correspondeu sorrindo.

— Estou com fome — Maria Edite mudou o rumo da conversa.

— Assim que chegarmos em casa vamos comer. Sua mãe deve estar preparando um almoço bem gostoso. Hum! Está me dando água na boca só de pensar. Você gosta da comida que a mamãe faz?

— Sim! Também gosto da sua. — Maria Edite pegou nas orelhas de Olavo com carinho. Ele a desceu e a levou para dentro de casa pela porta do bar e voltou para o atendimento dos fregueses, que requisitavam sua presença.

— Mamãe, eu estou com fome — Maria Edite anunciou sua intenção à mãe assim que entrou na cozinha e sentiu o cheiro de frango caipira cozinhando.

— Pode se acalmar, que ainda estou começando — alertou Zulmira, acondicionando a lenha no fogão, visto que acabara de colocar o peito de frango na panela, embora o feijão estivesse já bem adiantado.

— Eu quero agora — insistiu a menina, choramingando.

— Espera! Eu acabei de colocar no fogo. Ainda está cru — a mãe advertiu, enquanto escolhia arroz.

— Mas eu quero!

— Ah! Então você não sabe esperar, não é? — Zulmira pegou um prato, retirou da panela um dos peitos inteiro, que não era pequeno, colocou-o em cima da mesa em frente de Maria Edite, que resmungava, e a avisou: — Se você não comer tudo, vai apanhar.

— Eu como — afirmou a menina, vendo a mãe retirar uma vara de marmelo encostado do lado do fogão e dizendo:

— Além de apanhar, vou entrouxar esse frango na sua goela abaixo.

Afoita, porque de fato estava com fome, Maria Edite começou a comer aquele peito enorme de frango, ainda insosso de tempero e carente de cozimento. Não demorou muito e sentiu-se satisfeita. "E agora?", questionou em pensamento, "o que seria entrouxar? Apanhar parecia mais palpável!", ela bem conhecia a lei de sua mãe. Zulmira, apressada nos afazeres, lançava seu olhar reprovador, de olho no prato e na filha esfomeada, como que torcesse para que ela não conseguisse terminar de comer, e por ter sido desafiada, esperava pelo desfecho fatal para enfim aplicar mais uma lição com as duras penas da vara.

Olavo tomou conhecimento da situação periclitante de sua filha assim que chegou na cozinha para saber do andamento do almoço. Apenas olhou para a comida no fogão, deu um beijo no rosto de Zulmira, que continuou sua lida sem lhe dar atenção. Visualizou Maria Edite quase chorando, esboçando ânsia de vômito ao empurrar para a boca o peito de frango quase cru e se retirou sem nada perguntar, exteriorizando sinal para a filha fazer silêncio. Simulou saída para o bar, e atrás da porta dos fundos, na espreita, aguardou por um momento seguro para agir. Assim que Zulmira se concentrou na cozinha, virada para o fogão ou para o lavatório, ele correu até a mesa, retirou uma lasca de frango no prato de Maria Edite e voltou para detrás da porta. Repetiu a estratégia com sucesso, sem que a esposa percebesse. Zulmira, vendo que a menina estava demorando para terminar, apesar de faltar pouco em razão da tramoia de Olavo, pegou a vara e parou a sua frente:

— Termine de comer isso já! Você deve aprender a esperar.

— Mas eu não aguento mais — disse Maria Edite, já começando a chorar.

Zulmira interrompeu seu propósito para acudir uma bacia de alumínio lançada da pia ao chão pela repentina ação do vento. Nisso, Olavo entrou de novo sorrateiro na cozinha, pegou a filha no colo e voltou a passos largos em direção ao bar. Parou na porta dos fundos para incitar Maria Edite a mostrar a língua para a mãe e lhe dar uma banana. Ela, empoderada nos braços do pai, corajosamente sorrindo, fez como ele havia dito.

— Você não vai ficar sempre no colo de seu pai. Quando sair, olha aqui o que a espera. — Zulmira mostrou a vara.

— Olha só que o Senhor fez! Agora eu vou apanhar — disse Maria Edite, desfazendo de pronto o sorriso, certa de que promessa como aquela proferida pela mãe sempre era cumprida, mesmo com a presença próxima do pai.

Olavo também não tinha dúvidas de que Zulmira faria conforme prometera e nada disse, apesar de decepcionado de a esposa não ter entrado na brincadeira como ele esperava. Assim, ao menos para abrandar a aflição da filha, não deixou que ela passasse da porta dos fundos para a casa durante todo o dia.

Doze

Maria Edite crescia feliz com o mundo que se apresentava para ela, em um universo de aquisição de conhecimento que se avolumava aos seus olhos natural e lentamente. Um mundo bonito e fácil de entender, apesar do medo causado por mistérios incompreensíveis e talvez paranormais, insistentes em visitá-la geralmente no período da noite. Não se preocupava com o que havia além dos horizontes dos pinheirais. Sabia que depois da capela, após algumas horas de viagem, encontraria a casa da vó Dora. Isso lhe bastava. Aos poucos, maravilhava-se com as mais simples e ingênuas descobertas. Não tinha a menor noção do relacionamento de seus pais, além daquilo que via. Tudo se apresentava a ela como autêntico, lhano, peculiar e lógico.

Assim, via com normalidade os tratamentos que lhe eram dirigidos pelo pai e pela mãe, malgrado sua nítida percepção da diferença entre eles. Mesmo com tantas varadas aplicadas pela mãe, sentia-se livre. Não era tímida, conversava com pessoas estranhas, brincava com meninos e meninas de igual para igual e, se julgasse necessário, chamava a atenção de quem estrangulasse seu acentuado senso de justiça.

Zulmira e Olavo desfrutavam de um relacionamento estável, mesmo depois do episódio ocorrido em Peabiru, sobre o qual nunca nenhum dos dois ousou fazer qualquer novo comentário. Zulmira se dedicava aos cuidados com a casa, dispensando zelo impecável na limpeza e na arrumação, procedimento facilmente visualizado na janela da cozinha pelos transeuntes, ao passarem pela rua e se ofuscarem com o brilho refletido de sua bateria de alumínios areados com extremo desvelo. Olavo, por sua parte, tomava conta do bar, não somente nos setores administrativos, financeiros, de consuma e de propaganda, mas também na responsabilidade pela higiene e limpeza da parte integrante do imóvel a contar da porta dos fundos até a calçada da rua da frente.

Tornou-se um admirador inveterado da excentricidade de sua esposa expressada no primor dedicado à morada, e mormente à beleza própria. Sim! Ele nunca vira Zulmira desleixada. A última vez que a viu maltrapilha foi antes de se casarem. Mesmo na hora de se levantar da cama de manhã, Zulmira se maquiava com pó de arroz e batom vermelho nos lábios finos, penteava seus cabelos pretos lisos e brilhosos, quando não estavam sob o efeito do permanente. Antes do café se vestia com roupão, para só depois se revestir com roupa simples, porém elegante, para executar o trabalho doméstico.

Ela sentia-se grata pela situação econômica propiciada pelo casamento, pois tão somente após as núpcias com Olavo passou a ter o poder de realizar seu descomplicado sonho da adolescência, traduzido em ter condições de usar as roupas da moda e regalar-se com os perfumes e cosméticos divulgados pelo mundo. Olavo, sabendo disso, cercava-a de mimos, presenteando-a em qualquer oportunidade, sem se apegar a datas comemorativas ou festivas. Além do paparico com os presentes, não prescindia de demonstrar-lhe afeto com carinho, com beijinhos, cafunés e abraços, mesmo que ela geralmente não correspondesse em idêntico tom, apesar de querer bem o marido. "É o jeito dela", pensava.

Olavo era um comerciante nato, dotado de facilidade enorme para gerir os negócios com destreza. O dinheiro não lhe faltava, e seguro de si, nunca duvidara do companheirismo da prosperidade, que nunca o abandonara, soprando em seus ouvidos nos momentos de dificuldade pelos quais já havia passado na vida. Reconhecidos pela atual situação próspera, faziam parte da vida social de Faxinal, haja vista a grande quantidade de convites para serem padrinhos de casamento, de batizado e participarem de momentos importantes políticos e sociais da cidade. Por serem vaidosos, ambos sempre se apresentavam impecáveis por onde eram vistos. A costureira de Zulmira assistia aos filmes apresentados num dos dois cinemas erguidos no centro da localidade, com o propósito de copiar os modelos exibidos pelas atrizes famosas como Barbara Goalen, Marilyn Monroe, Sophia Loren e Grace Kelly e confeccionar os vestidos da cliente exigente e fiel que lhe trazia bons lucros pela grande quantidade de cortes agraciados pelo marido.

Entre outros tantos atributos, Olavo encantava-se de modo particular com cintura fina de Zulmira, exclamando: "vai quebrar!". Depois que se aprontavam para ir ao baile, ao casamento ou ao batizado, em todas as ocasiões, Maria Edite, embevecida com a elegância dos pais, pegava na mão esquerda de Olavo e na mão direita da mãe e as unia, batendo palmas:

— Estão lindos!

Treze

Zulmira nasceu em 1925 em Sapopema, no norte velho paranaense. Era a primogênita da prole de dez filhos do casal Sebastião e Lucidora. Por volta do ano de 1930, mudou-se para Marilândia com a família, em atendimento ao apelo de Jacinta Maria do Espírito Santo, mãe de Lucidora, que já estava morando no local há mais de cinco anos, por ter se casado pela segunda vez em decorrência da morte precoce do primeiro marido, João Vidal. Casara-se com um antigo proprietário de terras da região de Francisco Farias, Seu França.

Sebastião, pai de Zulmira, um cidadão simpático e merecedor de simpatia de forma geral, agia sem ausência de vaidade em relação aos atributos pessoais de beleza que julgava ser detentor, em particular a alta estatura, assumindo um papel de galã no trato com as mulheres. Em casa, entretanto, no trato com a família, surgia outro Sebastião: um homem violento, truculento e impaciente, disposto a empregar atitudes quando não bárbaras, fronteiriças à crueldade.

Não foi uma única vez que chegou em casa e sem motivos aparentes descarregou um ódio impregnado em seu coração sobre a filha primogênita, parecia nutrir-se com o prazer de fomentar nela a dor e o medo.

— Zulmira! — Sebastião chamou a filha de 6 anos, aos berros.

— Sim, pai — Zulmira respondeu com voz baixa e ofegante.

— Tira as minhas botas — ordenou em tom militar, sentado na cadeira.

Zulmira, sem olhar para o pai, desdobrou-se para retirar as botas compridas até o joelho e sujas de barro e estrume de cavalo, ouvindo Sebastião xingá-la de imprestável, lerda, molenga e fraca.

— Traga a bacia!

Zulmira a trouxe.

— Encha de água!

Zulmira encheu a bacia de água.

— Lave meus pés!

Zulmira lavou os pés do pai.

— Agora, beija!

Zulmira beijou os pés do pai.

Estava tudo certo, se não tivesse ocorrido o desastre. Zulmira derrubou água dentro de umas das botas de Sebastião, que se levantou em estado colérico, derrubou a filha no chão e pisou em sua garganta com agressividade bestial. A menina, quase perdendo os sentidos, com os olhos arregalados de aflição, voltou a si quando sentiu a retirada dos pés do pai repentinamente. Foi salva por sua avó Sinhana, que desferiu um golpe com um cabo de vassoura nas costas do filho. Sebastião olhou para trás para ver, assustado, sua mãe apenas com a metade do cabo quebrado na mão.

— Não sabia que você fazia isso com minha neta, seu lesado — disse Sinhana, com o olhar fulminante e decepcionada.

Sebastião ficou em silêncio, a cabeça baixa, desapontado pelo flagrante, porque sempre quis aparentar para a mãe imagem de um bom pai e não sabia que Sinhana estava em sua casa, em visita.

— Amanhã, Zulmira vai embora comigo! Se continuar vivendo aqui, não completará 7 anos.

Mesmo com todos os apelos de Lucidora, a sogra levou Zulmira para morar consigo em Tomazina, no norte velho do Paraná. Lucidora enfim consentiu. Apesar da dor da saudade que sentiria da filha, sabia que era o melhor para ela, pois ainda não havia encontrado meios e palavras para diminuir o sentimento de implicância e rejeição de Sebastião pela filha.

Passados dois anos da partida de Zulmira para a casa da avó Sinhana, Marilândia foi acometida por uma epidemia, possivelmente da febre maculosa, que dizimou grande parte da população infantil e com menor intensidade atingiu também os idosos.

Com os seus seis filhos afetados pela doença, Lucidora pediu encarecidamente para que a sogra devolvesse Zulmira para ajudá-la nos cuidados com irmãos. Sinhana, apesar de ter se acostumado com a presença da neta e entender como insana sua volta, ao argumento de que também seria infectada, concedeu o pedido da nora e mandou Sebastião buscá-la.

Sebastião, após ser advertido e receber recomendações de Sinhana no sentido de conferir um tratamento adequado e humano na educação da neta, colocou a filha na garupa do cavalo e a trouxe de volta para casa com a trouxa de roupas doadas pela avó.

Zulmira fora tratada com regalias nos bons tempos vividos na casa da vó Sinhana e do vô Silvério e voltou para casa usando vestidos belíssimos, bem alimentada e gozando de boa saúde. Porém, abateu-se diante da situação comovente no reencontro com os irmãos adoentados, os quais a receberam com alegria, sem esconderem a prostração e o desalento causados pela dor. Zulmira, orientada por Lucidora, assumiu o serviço despretensioso e amoroso de autêntica enfermeira no quesito atenção e cuidado, pois aplicar remédios, isto não existiam em casa. Em dado momento um delirava em estado febril, no outro uma irmã chorava com dores pelo corpo, e a outra queixando-se com dor de cabeça, outra sem apetite ou com esmorecimento pelos cantos da casa ou deitada na esteira, mesmo porque não havia cama com colchão para descansar apropriadamente.

Lucidora, com peso no coração e tribulação de espírito, corria de um lado para outro, na tentativa quase sempre sem êxito de abrandar os gemidos e atenuar choros alternados ou concomitantes de suas amadas crianças, que se retorciam ao ataque das dores internas intermitentes e espasmos causados pelas feridas emergidas nas plantas dos pés, e com mais agressividade nos dedos. A mãe amorosa e embebida de compaixão dormia de costas na esteira, com uma de suas crianças de cada lado de seus ombros, atenta ao cuidado de não se mexer para não os acordar em suas poucas horas de sono tranquilo, posição que a imprimia dores diuturnas nos ombros e braços, além do cansaço mental das noites mal dormidas.

— Mãe, ache um sabuguinho para colocar embaixo do meu pezinho — solicitou Venina, a quarta filha, sentindo uma dor insuportável nos dedos do pé necrosados.

Lucidora, cuidadosamente, buscou vários sabugos secos de milho e os trouxe para Venina.

— Não. Esse não serve — disse a menina depois que Lucidora colocou o sabugo de milho embaixo do seu calcanhar.

Lucidora continuou na tentativa por várias vezes, até que ouviu:

— Esse é bom, mãe! Fez parar a dor.

No dia seguinte, ao lavar os pés de Venina, Lucidora derramou lágrimas dentro da bacia de água, ao ver um dos dedos da menina se desprender do pé e cair no recipiente. Água pura generosa, lágrimas fidedignas de compadecimento e carne pútrida da desventura humana misturadas no mesmo vaso: visão que espera um milagre ante a ameaçadora investida tangível da morte.

    Zulmira, contando com seus 11 anos, portanto também criança, ajudante da mãe dentro de suas possibilidades, sentia as dores dos irmãos como se fossem suas. A princípio, não fora atingida pelo mal existente e pegajoso, e para não demonstrar fraqueza de sua parte nem a despertar em seus irmãos, nunca chorou na frente deles. Deixava as lágrimas invisíveis do coração escorrerem tão somente do peito, para dentro da alma. Os finais de tarde se revestiam dos momentos mais difíceis para os doentes e passaram a significar para Zulmira a voz da dor. Não havia poentes lindos, mas quando as nuvens escuras tapavam o horizonte, a voz do sofrimento não só gemia como urrava em busca de um sereno eco e alívio entre os casebres simples enfileirados dos dois lados do riacho da cidade. Era nesse alinhamento que os ais de idosos e crianças se dirigiam aos céus na busca de socorro e paz, mesmo que momentâneos. Aquela aflição massiva tomava força durante o dia e se intensificava no final da tarde e no início da escuridão. Escuridão da vida pedida a Deus em momentos de desespero por alguns idosos doentes. Marilândia, a terra de Maria, se transformara na terra das dores dos pobres, sentida por todos, tanto pelos enfermos, na própria carne, quanto dos que não chegaram a se infectar, por sua vez, no coração e na alma.

    Santiago, morando há poucos anos no povoado, passou a distribuir a água de seu poço aos doentes, convencido de que quem tomasse o remédio invisível no líquido ficaria plenamente curado.

    Lucidora, convencida por seu padrasto Francisco Farias — o mesmo França que fizera parte da comitiva responsável pela vinda de Santiago ao povoado — e comovida pela maneira de se comportar do novo guru, determinou-se a segui-lo na promessa. Desde o início do surto da febre maculosa, fez com que seus filhos adoentados bebessem a água milagrosa e entregassem a missa todos os domingos no cumprimento da promessa.

    A primeira vez que levou Zulmira consigo para entregar a missa, sofreu repreensão por parte de Santiago pelo fato de a menina se vestir com um vestido da moda, dado de presente a ela pela vó Sinhana.

    — Essas roupas que a menina está usando devem ser utilizadas para ajudar na cura da doença de suas crianças. Corte os vestidos em tiras largas e as coloque sobre a ferida brava. — Apontando para Zulmira, acrescentou: — Faça vestidos adequados para esta aqui. E não esqueça, Dona Dora: ponha sua aflição nas mãos de Deus, porque o sofrimento de suas crianças servirá para a salvação de muitos pecadores.

Lucidora cumpriu a ordem no mesmo dia. Zulmira não se incomodou, e de bom grado cedeu as suas vestes, modelo shape A, saias de godê e evasê, além das capas, boleros e luvas que trouxera na trouxa da casa de sua avó. Colaborando com sua mãe, rasgou as vestes em tiras largas para servirem de ataduras contra as investidas vorazes das moscas esvoaçantes ao redor dos pés chagados de seus irmãos. Adotou então o uso de vestidos conformes os preceitos da promessa, confeccionados com o mínimo de costuras, análogos ao modelo de túnica sem golas.

Por aqueles dias, Zulmira, para ajudar nas despesas com a casa, conseguiu um emprego de babá do neto de uma ex-enfermeira, moradora de Londrina, que respondia pelo nome de Vilma. Era uma senhora de 60 anos, toda requintada nos caprichos da maquiagem, joias e roupas da moda, que se abraçava em frívolas desculpas para vir a Marilândia no propósito de ver o neto. Em uma dessas idas, Vilma encontrou Zulmira pajeando a criança em atenção a um pedido de favor da filha e se encantou com os modos e com a educação da adolescente. Por isso a contratou verbalmente.

Zulmira cuidava do bebê na parte da manhã e, assim que o fazia dormir, desempenhava outras tarefas concernentes à limpeza do ambiente, por iniciativa própria. Vilma, satisfeita com o trabalho executado com esmero, buscava um modo de presentear Zulmira com outros mimos, além da pequena recompensa pelo trabalho, mas a mocinha nunca os aceitou. Sutilmente, alegava que sua mãe reprovaria qualquer "objeto do mundo" e, se ela o levasse para casa, mandaria devolvê-lo prontamente.

As crianças de Lucidora irromperam em quadro de piora, e a gravidade extrema debruçou-se sobre Celeste, a segunda filha, que aos completos 10 anos de idade agonizou, sofrendo com angústia respiratória, do início da tarde até os meados da madrugada, quando expirou nos braços da mãe. Lucidora sentiu o suplício da flecha pontiaguda da perda atingir o fundo de seu coração, experimentando uma sensação interna inimaginável até aquele momento de sua vida.

Naquele instante, o mundo parou e nada mais ela ouviu ao seu redor, nem o som do rio, nem o som do vento, nem mesmo os gemidos de dor e os chamados por socorro das demais filhas, apenas o zunido no ouvido advindo do assombro de cair no abismo profundo, sem luz e sem cor. O instinto materno fê-la voltar. Os outros filhos necessitavam de seus cuidados. Fitou a filha sem vida, fechou-lhe os olhos, lavou o seu corpinho impregnado de manchas vermelhas, passou um pano molhado nos seus pés desprovidos de dedos e chorando, pensou: "Tão vaidosa minha Celeste. Como seria se ficasse moça sem os seus dedinhos?". Enxugou o corpo inerte da filha, vestiu-a com seu simples vestido branco e colocou-a sobre a mesa onde já estendera o lençol e o travesseiro de paina. Acendeu duas velas, colocou-as de cada lado e rezou: "Recebe minha *fia*, meu Deus. Antes tivesse sido eu. Mas quem cuidaria dos demais? O Senhor me deu a Celeste. Eu a devolvo, não por minha vontade. Se estou errando em alguma coisa, tenha piedade de mim e me perdoe. Só lhe peço, se é que tenho direito, mais forças para dar continuidade à minha missão". Continuou, olhando para o cadáver: "Celeste, minha querida, vá em paz. Como o seu nome já diz, você é do céu. Agora está voltando para lá. Eu sei que suas dores acabaram. Reze por mim, minha *fia*".

Quatorze

Passados alguns dias da morte de Celeste, Zulmira também se infectou com a picada do carrapato e a ferida surgiu, diferentemente dos demais irmãos, em seu dedo polegar direito, sem, ao menos de início, incomodá-la com sintomas característicos. Continuou por essa razão no pronto atendimento aos irmãos e no trabalho de babá pela manhã. Lucidora, mesmo precisando da ajuda constante de Zulmira, de vez em quando pedia socorro à cunhada Olivina, a fim de dispensar a menina para se divertir um pouco com suas amigas Tê e Florinda, julgando injusto o peso que recaía sobre ela.

— Zulmira, é hoje — disse Tê, empolgada e rindo alto.

— É hoje o quê, sua maluca? Pare de rir e me fale!

— A Florinda e eu passamos pela igreja do Seu Santiago e ela está com a porta escancarada. Não tem ninguém lá — Tê disse em tom de convite, erguendo as sobrancelhas espessas.

— Mas a porta está sempre aberta. O que tem isso? — Zulmira disse, enfezada.

Antes que Florinda explicasse, ao reparar a decepção de Tê, Zulmira exaltou-se:

— Ah, sim, o rosário vermelho!

Os raios de sol vespertino que transpassavam as janelas da igrejinha e ressaltavam o brilho do rosário de continhas de vidro vermelho, envolto na imagem de Nossa Senhora das Graças, testemunharam quando Zulmira retirou a preciosidade afetiva dos devotos e o colocou dentro de um saco de pano que lhe servia de embornal. Tê e Florinda, conforme planejado, ficaram de espreita na porta, atentas para avisar a amiga da eventual chegada de pessoas ao local sagrado. Com o sucesso da estratégia, as três saíram da capela, com a pompa de quem acabou de fazer uma longa oração, mas exalando adrenalina pelas pupilas. Tão logo dobraram a esquina, desembestaram em uma corrida frenética em direção ao bosque das araucárias localizado acima do cemitério do povoado. Esbaforidas, pararam num espaço cercado por enormes pinheiros centenários e se desmancharam em gargalhadas deitadas no solo. Em seguida, deleitaram-se festejando o grande feito, pulando e dançando como como tangarás machos em algazarra no típico rito pré-nupcial em algazarra. Pararam com os festejos apenas para olhar o objeto dentro do embornal.

— Deus do céu! Será que foi certo fazermos isso? — indagou Florinda, com os olhos quase na boca da sacola, esparramando seus cabelos cacheados e amarelados. Voltou-se alarmada, com expressões de arrependimento no rosto constituído de pele extremamente clara por total ausência de melanina.

— Se você quiser desistir, tudo bem. Eu reparto com a Tê — disse Zulmira, com pose de autoridade.

— Deixa de ser boba, Florinda. — Tê retirou o rosário do embornal e o dividiu em três partes quase iguais, tomou para si o fragmento composto da cruz e entregou os demais para as amigas.

Tê orientou as amigas acerca do procedimento seguro a ser implementado:

— Para que ninguém desconfie de nós, cada uma esconde sua parte num bom esconderijo. Depois de algum tempo, façam aquilo que acharem mais conveniente com o que é seu.

Zulmira e Florinda acenaram confirmando e as três saíram para pôr em prática as orientações, eleitas como certas. Tê escondeu sua parte no riacho, embaixo de uma pedra grande. Florinda camuflou seu quinhão embaixo do assoalho de sua casa e Zulmira resguardou seu tesouro no oco do tronco de uma gigantesca figueira.

Durante todo o dia seguinte ao furto, Santiago informou o sumiço do rosário a todos que se fizeram presentes em sua casa e deixou a notícia tomar corpo por si, negando-se a dar asas à querela por mais de uma semana. O vetusto ancião parecia intuir que a verdade apareceria de bom grado e cairia no seu colo. Apenas aguardou e evitou falatório especulativo.

A sagacidade ingênua é traída pelos sucessores passos da aventureira ação vulnerável. Tê, depois do café da manhã dominical, foi ao seu quarto se aprontar para sair e retornou à sala, toda garbosa, portando na orelha furada um brinco composto de arranjo avermelhado. Sua mãe estranhou a novidade e quis saber qual era a procedência do penduricalho, ante a certeza de que não fora comprado por ela nem pelo marido. Por isso, apertou a mocinha com indagações contundentes, passando por um simples achado, por um admirador doador até a pior desgraça de um roubo ou furto. Encurralada, Tê abriu a boca e confessou o deslize, derramando lágrimas de fingido arrependimento, e para não sofrer punições mais severas, delatou suas comparsas. Na casa de Florinda, sua vizinha, as duas declararam Zulmira como a mentora da ação desprezível, inimaginável e intolerável pelos seus pais.

As três meninas e suas mães acabaram dentro da capela, na presença de Santiago, para quem se obrigaram a minuciar os detalhes do furto e devolverem o rosário devidamente reestabelecido ao seu preciso status anterior.

— Isso não pode ficar impune, Dona Dora, Dona Etelvina e Dona Januária — Santiago disse com firmeza e sentenciou com seriedade, olhando para as meninas: — Uma boa surra ajudará a trazer as suas filhas de volta para o caminho certo.

Lucidora puxou Zulmira pelos braços quase arrastada pela rua, em desiquilíbrio emocional, tanto pelo cansaço corporal e mental provocado pelas noites mal dormidas no cuidado com os filhos doentes, como pela consternação pela morte de Celeste. Invadida pela vergonha que elevou seu sangue até os olhos e obediente à ordem de quem tinha como representante de Cristo na Terra, sentiu um ódio desesperador na alma, fazendo com que seus olhos nada mais vissem senão o carmim da intemperança. Como nunca fizera antes, surrou Zulmira com uma vara de amoreira colhida na beira do caminho de volta para casa. Seus olhos se abriram para a barbaridade que engendrava no momento que desferiu um golpe na mão de Zulmira, o que provocou sangramento por atingir a ferida eclodida da ação da febre maculosa. Com o vermelho do sangue manchando o vestido branco da filha, Lucidora retomou o juízo, e em raios de segundos temeu a ronda da morte em torno de sua casa. Abraçou Zulmira e chorou desesperadamente.

Quinze

O receio de Lucidora se fez fato e a morte impiedosamente decidiu visitar sua família mais de uma vez seguida no curto tempo de um mês, levando consigo mais cinco filhos seus:

Maria, 9 anos.

Antes da morte de Celeste, nas brincadeiras com suas irmãs, Maria sempre retirava a agulha enfiada em um portador de colheres de pano de prato, bordado com desenho de flores amarelas e folhas verdes, com o fim de usá-la na confecção dos vestidos das bonecas de pano, na função lúdica de costureira. Entre essa brincadeira e outras, Maria, desatenciosa, acabava esquecendo a agulha em algum lugar por onde brincara e não a devolvia ao devido local de onde fora retirada. Quando se recordava da obrigação de colocar de volta a agulha no portador de colheres, ocupava-se em um trabalho hercúleo e cansativo, cujo resultado nem sempre restava exitoso.

— Quem pegou minha agulha? — gritava Lucidora da porta da casa, com o intuito de que houvesse pelo menos uma resposta positiva.

Ninguém respondia. As meninas se entreolhavam e permaneciam em silêncio. Talvez soubessem quem era a autora, porém não a entregavam, na espera que ela o fizesse.

Maria, a mais parecida com Zulmira, no dia de sua morte sentia-se agoniada com as dores pelo corpo, desconsolada pela perda dos dedos dos pés e já não socializava com os demais irmãos. Enfraquecida, deitada na esteira, chamou Lucidora e lhe disse com os olhos rasos de água:

— Mãe, fui eu quem perdeu todas as agulhas da senhora e nunca tive coragem de dizer-lhe a verdade.

Lucidora, ao lado de Zulmira, abraçou Maria, soluçando:

— Minha *fia* querida! Não faz mal. Isso não importa. Agulhas, a gente compra outras. — Maria se desvencilhou de toda a sua angústia, sentindo-se amada, e em menos de uma hora, respirou pela última vez em profunda calma.

Venina, 6 anos.

No dia de sua morte, pediu que a mãe lhe desse uma sombrinha e colocasse presilhas nos seus cabelos. Lucidora queria satisfazer a vontade da filha doente, mas Sebastião ainda não havia recebido o pagamento da safra. Zulmira, sabendo da dificuldade da mãe, deu a ela as únicas moedas de réis que separara para si pela contraprestação do trabalho de babá. Lucidora, apesar de contrariada, obrigou-se a aceitar a oferta e, de posse das moedas, correu ao bazar. Decepcionou-se ao dar conta que o dinheiro não era suficiente para a finalização da compra, entretanto, quando colocava o pé para fora do estabelecimento, o comerciante, sabedor da dificuldade financeira pela qual passava a família de Sebastião e seu amigo, comoveu-se com o propósito da mãe desesperada por agradar a filha moribunda. Vendeu-lhe, pela quantidade de moedas que Lucidora dispunha, uma sombrinha alaranjada com bolinhas pretas.

Venina, morena dos olhos castanhos escuros, cabelos pretos até os ombros, pediu à mãe:

— Lave meu cabelinho e coloque as presilhas. Depois me coloque sentada numa cadeira de frente para a rua.

Assim o fez Lucidora. Deixou Venina sozinha, e da janela, ficou a observando:

— Linda, a minha *fia*.

Venina, sentada na cadeira com as pernas cruzadas, o pé enfaixado com as tiras do vestido de Zulmira, virava o cabo da sombrinha em sentido horário, e depois anti-horário. O movimento fazia com que o pequeno guarda-chuva tomasse o tom exclusivamente laranja, com o desaparecimento das bolinhas pretas. O sorriso de Venina contagiou mais que o sol das três da tarde, pois quem a viu naquele momento de satisfação e pureza não deixou de visualizar o encontro do céu e da terra. Zulmira, protegida pela sombra da casa, próxima de onde Venina fora colocada na cadeira, mantinha-se escondida e em prontidão para qualquer eventualidade, por orientação da mãe. Saiu do local somente quando ouviu a voz satisfeita e grata de Venina:

— Mãe, pode me tirar daqui? Já está bom.

Lucidora a levou para a cama e ela fechou os olhos, para nunca mais acordar.

Catarina, 8 anos.

Nas primeiras semanas que começou a se sentir mal, antes da morte de Celeste, Sebastião, seu pai, disse-lhe em tom de brincadeira:

— Filha, por que você não morre? Assim poderá descansar e não sentir mais dor. Se você morrer, eu juro que solto uma caixa de foguetes.

A menina apenas sorriu em respeito à brincadeira do pai.

No dia de sua morte, pediu que chamassem o pai que estava no trabalho da lavoura. Ele veio rápido, pois já havia perdido três filhas e Catarina era com quem tinha mais afinidade.

— Pai, não precisa voltar para o trabalho — Catarina aconselhou a Sebastião.

— Mas estamos no início da tarde, filha! Há muito para fazer ainda hoje. Preciso voltar ao trabalho — pretextou o pai, não querendo acreditar no que a filha ainda não dissera.

— Pode comprar os foguetes, pai! Hoje vou descansar.

— Não fale assim.

Sebastião, com os olhos marejados, lembrou-se da promessa que fizera.

Catarina, deitada na cama, serena, com seus cabelos castanhos até a cintura, olhos castanhos claros afundados no rosto, magra e com olheiras, despediu-se da vida no início da noite, ladeada por Lucidora e Zulmira, ao som do estrondo dos foguetes queimados por Sebastião, que chorou amargurado do cumprimento de seu juramento.

Pedro, 5 anos.

No dia de sua morte, sua tia Olevina, cunhada de Lucidora, fazia visita costumeira em solidariedade ao luto ininterrupto pelo qual passava a família. O menino disse que gostaria de ser enrolado em uma colcha pertencente à tia.

— Que colcha, Pedro? — indagou Lucidora.

— Ela é azul e branca. Da cor do céu — respondeu o menino.

Lucidora olhou para Olevina sem entender o que ocorria, quando a cunhada, em prantos, afirmou-lhe:

— Eu tenho mesmo uma colcha assim. Acontece que está fechada — Olivina disse com a voz embargada. — Nunca a usei e não há quem saiba de sua existência.

Olivina pediu que Zulmira fosse até sua casa para buscar a colcha nova. Zulmira atendeu ao pedido com presteza e rapidez. Olivina recebeu a manta na porta da casa de Lucidora, e com ela embalou a criança doente. Pedrinho (como era chamado), menino de pele morena escura, cabelos pretos e olhos arredondados castanhos, depois de tossir por meia hora, aflito, expirou envolto na manta azul, nos braços da tia.

Por fim, Julia, com quase 3 anos de idade, faleceu silenciosamente nos braços da mãe enquanto ambas dormiam.

Zulmira, 11 anos. Sobreviveu.

Fora infectada quase que no mesmo tempo que Maria. Contudo, suas chagas apareceram no dedo polegar da mão direita, poucas semanas após começar a prestar os serviços de babá do neto de Dona Vilma.

— Que ferida é essa no seu dedo, Zulmira? — questionou Dona Vilma, franzindo seus vistosos pés-de-galinha, antes de levar aos olhos os óculos pendurados no peito.

— Acho que é a mesma doença que levou minha irmã Celeste — respondeu Zulmira, sem se importar com o real significado daquilo que acabara de afirmar.

— Eu já vi isto. Não é nada bom — afirmou a ex-enfermeira experiente, pegando na mão da menina para ver de perto a mazela lancinante. Continuou: — Vou hoje mesmo a Londrina para buscar remédio apropriado para você usar.

— Dona Vilma, não precisa. Logo sara — atestou Zulmira, com sinceridade.

— Não, senhora! Se isso não for tratado, leva a óbito.

— Óbito? — Zulmira nunca havia entrado numa sala de aula. Nem mesmo sabia ler. Por isso interrogou-se, como que aguardando um esclarecimento.

— Morte! O mesmo que ocorreu com sua irmã.

— Nós já temos o remédio em casa. Se minha mãe souber que tomarei outro, ficará muito irritada.

— Se ela souber! Mas você não vai contar para ela. Nem eu. Guardaremos esse segredo entre nós — expressou Dona Vilma, buscando convencer sua interlocutora. Arrematou: — Depois, você não precisa parar de tomar o remédio da sua mãe! Não é? — piscou.

Dona Vilma trouxe de Londrina comprimidos e pomada à base de antibióticos. Deu os primeiros para Zulmira ingerir e a segunda para passar no dedo ulcerado até a hora de sair de sua casa, enquanto na casa dos pais apenas deveria usar o remédio oferecido pela mãe.

Zulmira sobreviveu à morte de seus irmãos. Um dos dois anjos a salvou do infortúnio. Também ela não se debruçou em cima de lógica ou acaso, razão ou coração, abstrato ou concreto, transcendência, religião, fé. Nada disso. Continuou sua vida normalmente, levando consigo o enorme peso antecipado de uma experiência advinda do sofrimento próprio e alheio, sentido por pessoas próximas e amadas.

Com o fim da epidemia assoladora da população ribeirinha e adjacências, que lotou o pequeno cemitério da cidade com sepulturas de crianças de todas as idades, Sebastião e Lucidora ainda tiveram mais dois filhos, Rusalina e João.

Sebastião, apesar do tormento sentido pela morte dos seis filhos, não abrandou sua antiga repulsa pela primogênita, e em reduzido tempo voltou a tratá-la com descomedida estupidez e atroz indelicadeza. Zulmira imaginara que a passagem pelas terríveis desgraças ocorridas com seus irmãos faria com que o pai amolecesse o coração em casa, haja vista ter experimentado uma fagulha de ternura da parte dele naqueles momentos infelizes. Estava enganada e agora sofria apavorada quando estava a sós na presença de seu genitor.

Num final de tarde, Sebastião chegou irritado em casa e esvaziou, sem necessidade, todos os recipientes contendo água dentro de casa, como baldes, potes e bacias. Depois, da porta da cozinha gritou raivoso:

— Zulmira, vá buscar água na mina! Não tem água nesta merda de casa!

— Mas já está anoitecendo, Sebastião — alertou Lucidora, preocupada. — É perigoso!

— Que perigoso o quê! Olha o tamanho dessa aí — disse e voltando-se para Zulmira: — Vá logo, antes que eu perca a paciência.

Lucidora saiu com a filha, apesar de advertida pelo marido para não o fazer, e orientou-a com a voz abafada e os olhos arregalados. — Não cante, não assobie nem dance lá embaixo. — A mina estava situada na baixada. — Se não o saci aparece.

Zulmira acenou positivamente e desceu até o riacho envolto por pequenas árvores e infestado de taboa onde predominava o espaço banhado.

Zulmira contava, agora, com 14 anos. Com seu corpo esguio e magro, vestida com vestido branco até as canelas, colocou os baldes no chão e começou a cantar, dançar e assobiar em movimentos sensuais e desafiadores no arrebol terminal. Já executara o mesmo ritual muitas vezes em momentos solitários, no entanto, naquele dia em especial, tinha para si que se tratava do momento perfeitamente adequado, porque, além do horário carregado de significado, acrescentava a pitada solene de desobediência à orientação da mãe. Repetiu o ato. Nada. O saci não apareceu, assim como nas outras tentativas. Chamou-o com sua voz rouca por diversas vezes. Insultou-o com os atributos medroso, covarde e bundão. Mesmo assim, não apareceu. Desapontada, concluiu pela irrefutável inexistência do famoso ser aterrorizante, assim como do Boitatá, do Bicho-Papão, da Mula Sem Cabeça, do Lobisomem e do Curupira. Voltou para casa, levou os baldes cheios de água, pensando como enfrentar alguém por quem realmente sentia medo. Seu pai a aguardava.

Naquele mesmo riacho, Zulmira lavava as roupas de toda a família, dia sim, dia não. Nos dias de lavagem de roupas, antes que ela saísse com a trouxa e o balde vazio, Lucidora entrava no quarto, despia-se e entregava à filha as únicas peças íntimas que possuía para serem asseadas. Permanecia no quarto até que Zulmira as trouxesse de volta limpas e secas.

Numa dessas vezes, depois do término do serviço e da entrega das peças íntimas limpas e secas, Sebastião fez Zulmira descer até a mina novamente para buscar água, não sem antes caprichosamente esgotar todos os reservatórios da casa, por pura necessidade obtusa de amolação.

Quando a moça fazia a terceira viagem no transporte dos baldes com água para abastecimento da casa, descalça e molhada até os cabelos, foi chamada à sala por ordem do pai, que naquele momento recebia a visita não comunicada de um jovem chamado Olavo.

Dezesseis

Olavo, nascido no sul do estado da Bahia, deixou sua família ainda jovem, por volta dos 20 anos de idade, vindo a se mudar para a capital de São Paulo no ano de 1935. Quatro anos antes tentara fugir de casa, agastado por não mais suportar a convivência familiar nos moldes permitidos e consagrados por seu pai. Para o jovem Olavo ancorava-se intrincada a probabilidade de aceitar morar apinhadas na mesma casa três famílias: a sua, composta de pai, mãe e sete irmãos, a de sua tia viúva e seus quatro filhos, e a do outro tio que não sabia trabalhar em outro lugar a não ser na fazenda de seu pai, constituída por ele, pela esposa e cinco filhos. A casa da fazenda era grande e bem estruturada, proporcionando conforto e comodidade. Olavo, porém, não se sentia bem convivendo com tanta gente aglomerada. Queria sossego, paz e o mínimo de privacidade.

Por isso, aos 16 anos fugiu de sua família sem nada comunicar aos pais para garimpar, na ilusão de encontrar ouro e enriquecer rapidamente, para não mais depender dos pais, e talvez nunca mais voltar para casa. Contudo, para seu desencanto, foi sem sucesso sua iniciativa aventureira. Antes mesmo de ser visitado pela sorte de encontrar uma pedra de valor, infectou-se pelo protozoário da malária. Sua família, que o tinha por morto ante o sumiço repentino, reabasteceu-se de esperança ao receber a notícia de um velho conhecido sobre o filho ainda vivo num garimpo de Minas Gerais, porém à beira da morte acometido por maleita.

Seu pai decidiu ir pessoalmente buscá-lo, acompanhado por empregados da fazenda, nem que trouxesse apenas seu cadáver. Encontrou-o em complicado estado febril e o transportou deitado numa cama improvisada com varas, arrastada por um cavalo manso. Tratado com quinino desde que fora encontrado, Olavo convalesceu e voltou a ter uma vida normal, até que um dia, apesar de todos os esforços empreendidos pelo pai para que ele tomasse gosto pelo trabalho agrícola, novamente não se despediu e abandonou pela segunda vez e definitivamente a família. O garoto inexperiente obrigou-se, em decorrência de sua sólida decisão, a enfrentar empedernidas dificuldades, mestras no seu aprendizado para agir ardiloso e liso feito um bagre de águas doces. Mesmo quando não tinha dinheiro, nunca passou fome, sempre encontrando uma saída na base da malandragem, porém dentro dos conformes da lei.

Em São Paulo, Olavo fez amizade com os paulistas Marcionílio e Nego, e juntos resolveram abrir um bar na populosa e promissora cidade. O comércio se desenvolveu normalmente, assim como todo negócio iniciante, entretanto sem o sucesso almejado pelos três jovens sonhadores e ambiciosos, que inspirados nesse ideal perscrutaram notícias sobre outros lugares emergentes para os negócios relacionados ao comércio.

— Olavinho, achamos uma solução para nossas vidas! — exclamou Marcionílio, eufórico, alisando seu bigode cerrado com os dedos indicador e polegar e corrigindo seu chapéu que deixava aparecer os cabelos pretos acima da testa.

— Vão se juntar com umas viúvas ricas — assinalou Olavo em tom de brincadeira, enquanto passava um pano para limpar o balcão, cortando a fala de Nego.

— Sem devaneios, caro amigo! Estamos longe de chegar perto do maior conquistador da cidade — brincou Nego, o mais novo dos três, referindo-se à arte da conquista desempenhada por Olavo com as mulheres.

— Queremos convidar você para, junto conosco, vendermos tudo isso aqui e tentarmos a sorte do norte do Paraná — finalizou Marcionílio, abrindo os braços como em encerramento de peça teatral.

— Vocês dois ficaram loucos! Sair dessa maravilhosa cidade e ir morar onde só tem mato? Vou não.

Depois de seguidos dias de diálogo na busca de convencer Olavo a acompanhá-los na temerária proeza, Marcionílio e Nego, em comum acordo com o amigo intransigente, resolveram vender o estabelecimento, e de imediato tomar rumo para onde a aventura pelo sucesso brilhava chamativa no norte do Paraná, em lugar recém-desbravado, conhecido pelo nome de Marilândia. Olavo, em contrapartida, permaneceu em São Paulo. Dessa feita, pagava aluguel para utilizar o estabelecimento, aquele mesmo que vendera com os demais amigos, tocando o boteco sozinho.

Passados três meses, recebeu uma carta postada em Londrina-PR, pois Marilândia ainda não tinha local para postagens de carta, com o seguinte conteúdo:

Marilândia, 31 de outubro de 1938.

Prezado Olavo, Saudações!

Espero que esta o encontre gozando de paz e muita saúde. Caro amigo, serei breve e espero que pense bastante sobre o assunto. O Nego e eu chegamos aqui nestas terras e descobrimos que é verdade tudo aquilo que nos relataram. Nos lugares de onde retiraram as florestas surgiu uma terra vermelha altamente cultivável. Nessas terras nas quais o povo planta café em grandes faixas, as colheitas resultam profusamente rendosas. Alguns já pagaram suas terras e outros quitam mensalmente parcelas do financiamento feito com o estado. Tem muita gente ficando rica por aqui. O negócio que montamos no povoado está bem mais lucrativo do que aquele que tocávamos aí em São Paulo. Trata-se de um empório de secos e molhados. Vendemos de tudo um pouco. O dinheiro é muito fácil para o empreendedor. Será para mim e para o Nego uma grande alegria se você vier se juntar a nós. Garanto-lhe que não irá se arrepender. A tendência da região é de um crescimento acelerado e enriquecedor. Além disso tudo, meu amigo, há muitas moças bonitas na região, filhas de famílias respeitáveis. O Nego e eu já nos arranjamos no amor. Venha, que com certeza você arrumará um bom casamento. Venha o quanto antes e o receberemos de braços abertos e com muita festa. Um grande abraço.

Marcionílio

P.S. Encaminho, anexo, o itinerário para você se orientar na viagem.

Depois que leu a carta pela primeira vez, Olavo, em meros momentos de folga no atendimento do bar, ou na hora que ia dormir e ao acordar de manhã, relia-a. Releu tanto que o papel começou a apresentar pontos de desgaste. No dia marcado para o pagamento do aluguel do estabelecimento, anunciou para sua surpresa e a do proprietário que estava de partida para o Paraná e que não mais voltaria a São Paulo. Pagou as contas e desapareceu no dia seguinte, com parcos réis no bolso.

O meio de transporte da viagem de Olavo era praticamente carona conseguida com caminhoneiros. Com eles se comprometia a ajudar na carga e descarga em troca do transporte e alimento, atento ao mapa traçado por Marcionílio. Com esse procedimento, levou mais tempo que o necessário para apear em Maringá, beneficiando-se de qualquer forma da economia auferida. Feliz com o resultado, esquematizou um plano a fim de manter o dinheiro escondido nas meias: retirou quase todas as roupas e pertences da mala e as colocou em uma trouxa improvisada com um lençol. Encheu a mala de pedras e a trouxa escondeu embaixo de tábuas amontoadas perto do hotel no qual pretendia, em uma aconchegante cama, colocar o esqueleto para descansar. Deu entrada na hospedaria para utilizar o melhor e mais caro dos quartos disponíveis, tomou banho em banheira com água quente, jantou e dormiu feito um príncipe. No outro dia, no momento do pagamento pela estadia, pediu mil desculpas ao atendente, alegando que havia deixado o dinheiro na casa de amigos e que iria buscá-lo imediatamente, demonstrando estar deveras envergonhado. Como garantia, entregou a mala ao gerente. Passou pelo lugar onde havia deixado a trouxa com seus pertences e nunca mais foi visto por ali. Por ser um velho amigo da sorte, na próxima esquina, conseguiu de imediato carona com um caminhoneiro que seguia em direção a Apucarana, próximo ponto traçado no mapa. Chegando àquela cidade, só então tomou ciência de que não havia estrada de rodagem até Marilândia. Somente caminhões potentes se aventuravam em picadas abertas no meio da floresta virgem que dava acesso àquelas bandas.

— Qual é a distância daqui até lá? — perguntou Olavo a um vendeiro idoso, dono de um boteco em Apucarana.

— Nhô moço — o velho coçou o queixo —, pelo menos uns vinte e cinco quilômetros.

— Então eu vou a pé, mesmo!

— O moço é corajoso. Não tem estrada, é só trilha rústica. Mata que não acaba mais. Além do mais, tem onça.

Olavo sinalizou um adeus, sem se importar com as palavras, e saiu em direção à estrada, enquanto o velho se deslocou do balcão, e da porta do bar coçou a cabeça, admirado.

Por volta das seis horas da tarde, após caminhar por horas, Olavo encontrou construída na beira do caminho uma casa de madeira em boas condições. Gritou: "Oh de casa"! Seu eco lhe respondeu e logo pôde perceber que se tratava de uma casa abandonada. Nela entrou e não deixou de notar que no assoalho havia roupa de mulher toda manchada, e que a coloração da mancha também se espalhava pelas tábuas do piso. Não encontrou água. Seu cantil também não tinha uma gota. Fazer o quê? Precavido, travou algumas tábuas na porta e colocou outras apoiadas nas vigas abaixo do telhado, com as quais fez uma cama para dormir. Durante a madrugada, choveu torrencialmente, com incontáveis descargas elétricas e trovões. Na manhã, o sol brilhou em seu rosto, assim como a água da chuva limpa empoçada na boca do pilão acomodado na lateral da casa. Bebeu como se nunca tivesse visto água na vida. Encheu o cantil e seguiu pela picada até ouvir com clareza o barulho de motor de caminhão. Seguindo as dicas de seu ouvido, encontrou o madeireiro que vinha gemendo, carregado de toras de pinheiro recém-derrubado da região, para serem transformadas em tábuas, vigas, caibros, mata-juntas e outros artefatos em uma das quatro serrarias construídas em Marilândia.

— Bom dia! Está perdido, rapaz? — gritou o caminhoneiro da janela ao frear o caminhão.

— Bom dia! Perdido, não. Pretendo chegar a Marilândia — respondeu Olavo, quase que dando graças a Deus.

— É pra lá que eu vou. Entra, vou lhe dar uma carona. — Sem olhar para Olavo, o motorista acendeu um cigarro de palha, puxou um trago e trocou a marcha. — Pelo jeito, passou a noite no mato?

— Dormi numa casa abandonada uns três quilômetros atrás.

— Sou Alcides — disse e estendeu a mão. — Quero apertar a mão de um homem corajoso.

— Prazer, sou Olavo. Desde já agradeço muito pelo favor — Olavo estendeu a mão, mas silenciou acerca do elogio.

— Naquela casa, não faz uma semana, uma onça devorou uma mendiga que pousava por lá. Não encontram nem os ossos da pobre.

Olavo sentiu um arrepio na coluna, não só pelo ocorrido, mas também pelo perigo que passara sozinho. O motorista lhe ofereceu pão com linguiça crua, ao saber que seu carona não havia se alimentado desde o dia anterior. Olavo devorou o lanche com tanta gana que impressionou o caminhoneiro, forçando-o a concluir que o esfomeado já não comia há mais de semana.

Finalmente, Olavo chegou ao seu destino.

Em Marilândia, sentiu importante arrependimento, provocado pela decepção da realidade com a qual se deparou.

— Deixei São Paulo para vir a este fim de mundo. Não existe sequer um cinema.

Porém aquietou seu coração depois de ser recebido pelos fiéis amigos com uma festa descomunal e de tomar conhecimento da abastança do caixa do empório. Depreendeu:

— Eles tinham acertada razão.

De modo igual Olavo chegou à conclusão relativa à ideia transmitida na carta de seus amigos acerca das características familiares e da beleza das moças da localidade. O jovem conquistador se rendeu aos costumes regionais, e em poucos meses estava repleto de disposição para conversar com o pai de uma mocinha chamada Adalziza, que correspondia com sorrisos singelos a seus olhares provocantes. No entanto, sentiu seu ímpeto refreado numa manhã de sábado de comércio aquecido, quando avistou uma graciosa moça de pele em tom castanho-claro, cabelos pretos e cintura acentuadamente fina, que veio em sua direção e lhe pediu um quilo de açúcar. Olavo sentiu seu coração batendo mais forte no desempenho de uma aceleração inabitual.

— Posso saber o nome dessa moça tão bonita? — perguntou, sorrindo.

— Zulmira — respondeu séria e secamente a moça de voz grave e rouca, lançando sobre o curioso seu olhar com tons de aborrecimento nos olhos levemente estrábicos.

— Olavo, seu criado.

Olavo pegou na mão de Zulmira, com a intenção de beijar-lhe o dorso, mas foi impedido pela moça, que em um solavanco a puxou de volta e saiu com pressa do empório. Ele, impressionado pela reação causada pela presença de Zulmira, seguiu-a até a porta para observá-la desaparecer na esquina da rua. Adalziza mexia com ele, mas aquela sensação estonteante experimentada pela simples visão de Zulmira arrancou-o do prumo. Sofria da necessidade de vê-la quantas vezes fosse possível. Procurava se informar com os amigos sobre rotinas da mocinha, por quem não escondia estar perdidamente apaixonado. Para onde ia Zulmira, Olavo de longe a observava: na igreja matriz, na igreja do seu Santiago, na saída de eventuais trabalhos como faxineira, no gramado jogando bola ou pulando corda com suas amigas.

Zulmira, esperta por natureza, logo se apercebeu da sombra que a acompanhava em suas atividades. Não apreciou o comportamento do fã, por não encontrar nele nenhum atributo de atração, não obstante se deleitar interiormente com suas lisonjas claras e abertas, nos momentos em que se viam no empório.

— Zulmira, vai ao empório comprar agulhas para mim, minha *fia* — pediu Lucidora.

— Eu não vou mais lá, mãe!

— O que é isso agora, minha *fia*?

— Aquele zóio de sapinho fica só olhando para mim. E quando eu vou pegar algo para comprar, ele passa a mão na minha mão. Eu não gosto disso nem dele.

Lucidora aconselhou a filha a não dar trela ao rapaz e a convenceu a atender a seu pedido, porque estava muito atarefada naquele dia. Assim que a moça entrou no empório, Olavo veio direto ao seu encontro.

— Você quer casar comigo, Zulmira? — perguntou direto e com doçura.

— Não! Não quero, sapinho — respondeu direta e rispidamente.

— Ah! Você quer sim. Prometo a você que qualquer dia desses eu vou até a sua casa para pedir sua mão ao seu pai.

— Não vá! Porque eu vou responder não.

A ameaça de Zulmira não surtiu efeito. Olavo cumpriu a promessa e compareceu à casa de Sebastião e Lucidora, sem dar qualquer aviso, bem naquele dia em que Sebastião obrigara Zulmira a transportar água para abastecer os recipientes da casa por mera malevolência e asquerosa birra.

— O que, pai? — perguntou Zulmira, quase sussurrando por medo do pai, molhada até os cabelos e com os pés no chão.

— Esse moço quer casar com você — apontou para Olavo, que sorria satisfeito e esperançoso. Voltou para filha e perguntou: — Você quer se casar com ele?

— Quero, pai — respondeu, constrangida e amedrontada.

— Então está noiva! Casamento daqui a três meses.

Olavo se despediu do futuro sogro e saiu radiante pelo resultado positivo do risco assumido.

Zulmira, por sua vez, reclamou desenxabida para sua mãe:

— Eu não queria.

— Agora não tem mais jeito. Por que você não respondeu dessa forma para seu pai? — Lucidora repreendeu a filha, porque não dispunha de meios para defendê-la em contraposição a sua resposta enfática.

— Eu fiquei com medo de ele me bater.

— Ai, Zulmira, você é tão esperta. Às vezes não consigo compreendê-la. De hoje em diante, vai se preparando para o casamento. Não há o que fazer!

O namoro dos dois seguiu os ditames da tradição. Não podiam nem mesmo pegar nas mãos. Quando Olavo ia à casa de Zulmira, cada um em cantos diferentes da sala, os dois conversavam compassadamente assuntos desconexos, pensados entre os silêncios das falas ou inventados para dar alguma liga no diálogo tímido. Sobre o casamento, quando dele falavam, Olavo se detinha a solicitar palpites de Zulmira, porque o noivo se incumbiu de arcar integralmente com as despesas da festa, dos móveis e da casa, inclusive os gastos com o enxoval da noiva e as roupas de gala para os sogros.

Apesar de não estar apaixonada por Olavo, Zulmira, semanas antes do casamento, empolgou-se ao perceber que o sim dado ao pai propiciou a ela a sonhada liberdade, traduzida na pronta possibilidade de sair de casa, desligar-se de Sebastião, e de respirar novos ares, mesmo que ao lado de um desconhecido que dava claras mostras de estar apaixonado por ela.

Dezessete

Ano de 1951.

Maria Edite sentou-se em uma cadeira no canto do quarto e em silêncio expressou admiração por sua mãe, na imagem refletida no espelho da penteadeira: "Mamãe é muito bonita e cheirosa". O cômodo, não só naquele momento, exalava o perfume "Alma de Flores" usado por Zulmira com maior frequência. Às vezes misturava-se ao odor do "Pino Silvestre" nos minguados instantes em seguida à saída de Olavo do ambiente, após ele se vestir com seus charmosos trajes para se fazer presente em algum evento na cidade. Aquele era um dia especial de amálgama entre os perfumes, porque o casal se preparava para mais um baile. Olavo aguardava na sala Zulmira terminar de se enfeitar. Maria Edite veio do quarto com a mãe, e chegando onde estava o pai, uniu as mãos dos dois e disse sorrindo:

— Vocês estão muito bonitos.

Ela esperou o sorriso da mãe, que não veio. Zulmira apenas olhou séria para Olavo, que por seu turno, tomou a iniciativa de agradecer o elogio da filha.

O relacionamento estável do casal era visível externamente pela sociedade e pelos filhos. A estabilidade preservava-se em decorrência da vista grossa mantida por uma das partes na balança da fidelidade. Não se tratava de moral de perdão, mas de arte de conviver com um amigo, homem carinhoso e amante que lhe proporcionara todo o simples que necessitava para até então ser feliz. Assim pensava. Olavo era para ela um homem bom, imagem diferente daquela que trouxera de casa, a partir de seu pai. Tinha plena consciência de que a balança não aferia com equilíbrio o peso da fidelidade. Não a fidelidade matrimonial, ao menos. Pendia a olhos vistos a fidelidade amistosa, exatamente a que lhe causara prejuízos irreparáveis, decorrentes do aborto espontâneo de dois bebês e da morte prematura do outro.

Zulmira não tinha em conta a infidelidade cometida contra Olavo logo na fase inicial do casamento, ocorrida quando Maria Edite tinha apenas oito meses. No seu entender, o que aconteceu se deu com idêntica naturalidade à que se bebe uma xícara de café. Se Olavo se aventurava com outras mulheres, desafetado, apesar de usar de toda a discrição, assim similarmente ela procedeu longe dele. Não agiu mais da mesma forma em outras ocasiões, porque decidiu atender aos conselhos de sua mãe, apesar de não ficar convencida. Olavo, porém, nunca parou de procurar outras mulheres, nem ao menos na zona do meretrício, a ponto de levar Zulmira ao dissabor de retirar com pinças os chatos que se instalaram nas sobrancelhas de Jazon.

A paciência, por mais fleumática que seja em seu atributo essencial, mesmo que por segundos, um dia deixa de ser paciente. Às vezes porque o perdão titubeia e cai no lamaçal do rancor, às vezes porque o amor se desvela e percebe que não era amor, às vezes porque a esperança se depara com a finitude do objeto de espera, às vezes porque a fé não mais acredita na palavra empenhada, às vezes porque o ideal é vencido pela frugal decepção, às vezes porque o mal aflora na pele, pegajoso e fedorento em forma de ferida incurável, intermitentemente cutucada.

Duas semanas antes do último baile, Zulmira, ressabiada desde há muito com o comportamento sorrateiro de Olavo, resolveu segui-lo de perto, por mais de uma vez, com intuito de descobrir para onde ele se dirigia todas as tardes, depois de deixar somente o ajudante no bar, por volta das dezesseis horas. Acompanhou-o, mantendo distância suficiente para que ele não percebesse sua presença. Pela terceira vez, no exercício do ofício de investigadora, apurou ser a farmácia da cidade o destino final do marido. De posse inequívoca da informação, na sexta-feira pela parte da manhã adentrou na farmácia.

— Bom dia, seu Sétimo, eu vim tomar a mesma injeção que o senhor ultimamente aplica no Olavo — dissimulou Zulmira, com a pretensão de ludibriar o farmacêutico e fazê-lo cair no embuste.

— Bom dia, Dona Zulmira — cumprimentou o farmacêutico, encostando sua barriga preponderante no balcão. — A senhora está com a mesma doença venérea de seu marido? — Sétimo movimentou seu bigode fino rente à boca afundada na bochecha rosada e passou a mão na careca arredondada na parte superior no crânio.

Mesmo sem estar doente, Zulmira tomou a injeção e voltou feito um raio em direção a sua casa. A ferida dessa vez foi revolvida, sangrou e doeu, empenhando força capaz de arremessar ao chão quaisquer resquícios de respeito a convenções ditadas pelos costumes, pela religião ou pela lei. O chão não era mais sentido pelos pés de Zulmira, que caminhavam apressados movidos pela emoção, tendo em vista que a razão lhe fizera concluir pela inexistência do amor apregoado por Olavo.

A recalcitrância do comportamento sexual desleal do marido, antes vista como sem importância, de repente pesava como uma bigorna, como causa primordial dos abortos de seus bebês e dos danos à sua própria saúde. Esse comportamento de Olavo passou a se equiparar para Zulmira às atitudes brutais de seu pai, Sebastião. Foi pensando assim, com fagulhas de fogo saindo pelos olhos, que Zulmira, totalmente ensandecida, apoderou-se do punhal de Olavo e correu para dentro do bar lotado de fregueses. Colocou João da Luz sobre o balcão e se atirou sobre Olavo com o punhal como uma jaguatirica em fúria, gritando.

Os homens que estavam no bar se encolheram nos cantos, enquanto Olavo se esquivou como pôde para escapar dos ataques contínuos. Um amigo da família correu até o balcão e levou João da Luz para dentro de casa, ao mesmo tempo que Jazon e Maria Edite gritaram e choraram apavorados. Tratava-se de um fato novo. Os pais nunca haviam brigado nem sequer discutido na frente deles. Rápida e esguia, Zulmira acertou com o punhal a região da barriga do marido, que para sua sorte pegou apenas a calça num rasgo vertical na parte frontal. Com muito custo, Olavo conseguiu tomar dela a arma branca, e em seguida imobilizá-la por trás. Pediu-lhe encarecidamente aos ouvidos que se acalmasse.

Levou-a, daquela forma inerte, para dentro da casa e se empenhou, utilizando-se de todos os meios de persuasão, para que ela acreditasse que fora acometido pela doença no passado e que estava tomando as injeções para se curar definitivamente, principalmente porque não queria transmiti-la a quem tanto amava. Zulmira, agora mais calma, deu a entender que havia compreendido, mas não pediu perdão. Disse a Olavo que nunca mais agiria daquela forma impetuosa e que ele não precisava ficar preocupado.

Nos dias da semana que se seguiu, Olavo trouxe mimos para agradar Zulmira: um novo vidro de perfume "Alma de Flores", um corte de tecido floral para fazer vestido, um jogo de batom e esmalte vermelho, dois sabonetes Gessy, e no dia do baile, um buquê de rosas vermelhas.

Depois do surpreendente susto no bar, Maria Edite, tranquila com a reconciliação do casal, com Jazon e João da Luz, que vinha no colo de Lóla (mocinha de 15 anos que Zulmira recentemente pegara para acabar de criar), despediram-se dos pais na saída de casa para o baile. Eles deixaram para trás um rastro de perfume e fascínio.

A porta do salão do clube exibia requinte desde o hall de entrada, composto de tapete vermelho e por todo o aparato de ponche de frutas nativas, o forro se revestia de um tecido branco que convergia para as luzes que desciam do teto. As mesas forradas com toalhas bege exibiam no centro um tecido quadrado na cor marrom, sobre o qual se acondicionavam os vasos de flores silvestres.

Na mesa vinte e dois, Olavo e Zulmira foram recebidos pelos amigos Tê e Atílio, que os aguardavam há mais de meia hora. O conjunto musical vindo de São Paulo acabara de iniciar seu trabalho executando melodias de som ambiente, enquanto os convidados se cumprimentavam. O regente da banda, na hora marcada, anunciou o início do baile com a música novíssima de Isaura Garcia e Hervé Cordovila — Pé de Manacá. De início, ninguém se aventurou, mas assim que sentiram o compasso da melodia, os casais lotaram a pista de dança. O conjunto composto de vozes masculinas e femininas apresentou belíssima variação de estilo e de intérpretes, executando músicas recentes: "Olhos Verdes", de Dalva de Oliveira, "General da Banda", de Linda Batista, "Dez Anos", de Emilinha Borba, outras de sucesso consagrado: "Maria Bethânia" e "Normalista", de Nelson Gonçalves, "Ai! Que Saudade da Amélia", de Ataulfo Alves, "Cadê Zazá", de Carlos Galhardo, "Aurora", de Joel e Gaúcho, além de outras dos anos quarenta.

Os casais pararam de dançar somente quando o maestro decretou intervalo.

— Que banda maravilhosa! — avaliou Tê, abanando seu leque.

— Josilda e Aquilino vão se arrepender quando souberem — disse Olavo, referindo-se a um casal amigo, donos de uma loja de tecidos, que não compareceram ao evento, apesar de confirmarem presença.

— É verdade — disse Zulmira, também abanando-se com o leque, disfarçadamente olhando para um rapaz que não tirava os olhos dela.

Olavo e Atílio saíram para se refrescar no sereno e colocar os assuntos em dia.

O jovem alto e de olhos verdes, sentado à mesa ao lado, fixou ainda mais seu olhar em Zulmira, e discretamente piscou para ela. Ela sorriu.

O maestro retomou o baile, primeiro com músicas românticas de filmes americanos, depois com uma seleção de boleros. Enfim anunciou o tango.

Olavo e Zulmira dançavam com estilo e destreza, Tê e Atílio não ficavam para trás, mas quando Zulmira trocava de par com a amiga, ela e Atílio se tornavam a atração da noite.

— Vai com o Atílio — pediu Olavo à Zulmira.

Quando Zulmira e Atílio iniciaram a dança do tango "Cuesta Abajo", de Carlos Gardel, os demais se afastaram para apreciar a beleza e a precisão dos passos na sua execução.

Olavo, como sempre, rendeu-se maravilhado com a delicadeza e a beleza de Zulmira. Talvez nem tanto quanto o jovem misterioso que continuou durante o tango trocando olhares com a estrela da dança.

Ao término do baile, o rapaz fez questão de se aproximar dos casais, especialmente para cumprimentar e elogiar Zulmira com leves afagos em suas mãos.

Dezoito

A via-sacra, marcada para todas as quartas e sextas-feiras do tempo quaresmal, era muito esperada pela população católica, religião professada por mais de noventa por cento dos habitantes de Faxinal. É histórica a participação esmagadora feminina sobre a masculina nas celebrações e religiosidades populares promovidas pela igreja católica. Em Faxinal não se dava de forma diferente, e a igreja local lotava abarrotada de senhoras, moças e crianças para expressarem sua fé, apegadas aos sofrimentos narrados da "via-crúcis".

Antes da despedida final, o padre proferia suas recomendações de conduta:

— O tempo quaresmal é momento favorável para o silêncio, para o recolhimento, para o arrependimento e, portanto, para o pedido de perdão! Deus está a nossa espera para dar o perdão. Basta que nos arrependamos dos pecados. Não deixem espaço ao demônio, porque ele está solto, principalmente neste tempo de renúncias, procurando a quem devorar. — Silenciava-se por curto período para sondar as reações e continuava mais solene: — Não gritem pela casa ou pelas ruas, não dancem, não bebam bebidas alcóolicas, não vão a festas! Mães, não batam nos seus filhos. — Olhando para os filhos: — Filhos, não respondam nem desobedeçam a seus pais. O capetinha pode espetar vocês, com o seu garfo do inferno.

A partir dessas elucubrações do padre, as pessoas acabavam por criar outras crenças, com a intenção de deixar a quaresma ainda mais misteriosa e aterrorizante: o lobisomem nas noites de lua cheia é mais cruel nas sextas-feiras quaresmais, o Saci muito mais solto, o Boitatá nas noites escuras, a Mula Sem Cabeça à espreita nas encruzilhadas e outros seres abstratos. Para Maria Edite, que se assombrava há tempos com suas visões noturnas do fogo verde, com as tempestades e com o canto da coruja, as falas enfáticas do padre somadas às estórias de terror populares causavam-lhe arrepios e a deixavam em constante estado de alerta durante aquelas quarenta noites.

Dada sexta-feira daquela quaresma, Zulmira se vestiu com vestido preto, aprontou Maria Edite e chamou Lóla para juntas irem à via-sacra, que teria início às dezenove horas. Olavo, como de costume, além de não ter apreço por religiosidades populares e não perder a clientela, precisava ficar no bar, que àquela hora recebia grande quantidade de fregueses.

As três saíram e foram em direção à igreja, mas passaram direto e seguiram em frente.

— Onde que estamos indo, mamãe? — Maria Edite indagou à mãe, certa de que entrariam na igreja.

— Não é para perguntar. Apenas ir — Zulmira respondeu, ríspida.

Pegaram um caminho rústico pelo qual passavam somente cavalos e carroças reforçadas, em grande parte coberto por floresta virgem, que levava o viajante a um sítio distante, de propriedade de família do Zé Jacinto. Seguindo o itinerário, adentraram pela estrada na área escura da floresta. Maria Edite passou a ter calafrios, agarrada à mãe. Para seu desespero, saíram da estrada e se aprofundaram por diversos metros na mata fechada. Enfim, pararam em um ponto onde se levantava uma árvore enorme com galhos espessos próximos ao chão. Lóla subiu em um desses galhos e ajudou Zulmira a colocar Maria Edite ao seu lado. Ali, Zulmira deixou as duas abraçadas e desapareceu na escuridão.

— Onde está minha mãe? — Maria Edite, assustada, perguntou à Lóla.

— Ela já volta, querida. Ela já volta — Lóla tentou tranquilizar a menina, ninando-a com serenidade, ciente do que ocorria na escuridão da floresta. Com pena de Maria Edite, que tremia de medo, tapou os ouvidos da criança e encostou seus olhos contra seus peitos, para que não visse nem ouvisse os voos rasantes dos morcegos, trissando para se orientarem.

— E se vier um lobisomem, Lóla. Ele vai pegar nós duas — Maria começou a chorar.

— Não chora que sua mãe já vem — disse Lóla com firmeza, porém também consumindo-se de medo.

De repente, Zulmira passou por onde elas estavam, e em seguida um homem usando um chapéu de abas largas do tipo sombreiro mexicano movimentou-se atrás dela. Maria Edite, incomodada com a presença do estranho e com a cabeça repleta de incógnitas, após ser tirada do galho da árvore, seguiu em direção ao homem sentado no chão, cujos joelhos levantados eram quase cobertos pelo grande chapéu.

— Quem é você? — Maria Edite perguntou ao estranho.

O homem nada respondeu. Apenas ergueu a cabeça, deixando-se ver por descuido, e atentando-se para a besteira que acabara de fazer, olhou rapidamente para o chão novamente.

— O que você está fazendo aqui? — insistiu a menina com inquietação.

— Pare de fazer perguntas — intrometeu-se Zulmira, temendo pelo pior.

Lóla puxou Maria Edite pelo braço para irem embora, porém, insatisfeita e curiosa, ela olhou para trás e perdeu o chão no momento em que viu sua mãe beijar o homem do chapéu de abas largas. Que visão difícil de compreender em seu castelo alicerçado com pedras firmes da concepção de imutabilidade inderrogável do carinho entre pai e mãe. Para ela, aquele tipo de beijo só podia ocorrer entre eles. "Agora, escancaradamente, sua mãe dispensa afago a um homem estranho, que não seu pai. O que isso significa? O que isso quer dizer?", perdeu-se Maria Edite, envolvida em pensamentos condensados de mágoa, receosa por estar dentro de um castelo gelatinoso, inseguro e cercado de incertezas. Absorta com esses pensamentos, ouviu a voz abafada de sua mãe, que pela terceira vez chamava-a pelo nome.

— Maria Edite! Ficou surda, menina? Preste bem atenção no que vou falar. O que aconteceu aqui fica eminentemente proibido de ser comentado com quem quer que seja. Principalmente para seu pai.

— Mas a senhora beijou o Hidelbrando! Eu vi. O que ele é seu, mamãe? — Maria Edite reconheceu o homem quando ele levantou a cabeça ao ser indagado por ela. Era recém-morador da cidade. Aliás, o mesmo jovem pelo qual Zulmira se encantara no último baile.

— Não é nada. Esquece esse assunto. Vou alertar as duas. Você e a Lóla. Eu tenho aquele punhal em casa. Quem comentar qualquer coisa que seja, perderá a língua.

Maria Edite, por não compreender exatamente aquilo que acabara de acontecer e por medo dos cumprimentos das promessas feitas pela mãe, nunca revelou as peripécias atípicas daquela malfadada sexta-feira, ou de qualquer outra vez, entre tantos dias e noites de lua clara, nos quais Zulmira a levava consigo a pretexto de pôr em prática suas aventuras amorosas. O ardil se evidenciava sob forma de desculpa no comprazimento em visitar os amigos compadres da família do Seu Zé Jacinto.

Algumas vezes, para não cair em contradição, Zulmira e Maria Edite chegavam ao destino noticiado. Quando a caminhada se interrompia no meio da floresta, Maria Edite se decepcionava entristecida, por antever que o ritual seria repisado. Segundo sua intuição, tinha o sinônimo de "coisa feia". Nas ocasiões em que Lóla ia junto, sua companhia amenizava os medos naturais e sobrenaturais sentidos por Maria Edite em maior intensidade durante o tempo em esperava por Zulmira sozinha sentada nos galhos da destacada e frondosa árvore. Ali, quantas vezes, aturdida, viu passar a pouca distância animais silvestres, e não raras vezes bichos peçonhentos, como cobras e aranhas, e sentiu-se vigiada por seres sombrios.

— Mamãe!, vai chover! Vamos voltar para casa — pediu Maria Edite à mãe, certa vez em que seguiam pela estrada na direção à floresta.

— Deixa de ser medrosa — Zulmira repreendeu a filha.

Mesmo vendo o tempo se revoltando no horizonte, Zulmira não quis desistir de seu propósito. Chegou ao lugar de costume, elevou Maria Edite até o galho da árvore, e antes que respirasse, ao voltar-se para frente, foi alçada à garupa do cavalo por Hidelbrando, que com hábil desembaraço a acomodou embaixo de sua capa de chuva e desapareceu com sua prenda na sombra da mata. A chuva exaltada não demorou a chegar, jungida de ventos, raios e trovões. Maria Edite permaneceu firme, abraçada ao galho alteroso, inerte como uma pedra, exceto quanto ao ato involuntário de tremer de medo e de frio.

Com o tempo, Zulmira, desgostosa daquela condição mascarada a que se submeteu para viver seu amor à distância dos olhos alheios, decidiu não mais protagonizar o filme triste cujo roteiro se iniciou pela junção de letras jogadas ao vento pelo acaso. O casamento com Olavo ela não considerava vida falsa, visto que não fora ela quem decidiu. Não se considerava hipócrita no relacionamento com o marido, por entender que ambos davam ao outro aquilo de que precisavam, não obstante assim se considerasse amar às escondidas. Percebera que a amizade com Olavo não era o bastante para manter o casamento indissolúvel. O amor sentido só por um anula o outro. Ficar com Olavo até o fim da vida seria o mesmo que não ter vivido. Há poucos meses com Hidelbrando, ouviu seu coração palpitar em todos os encontros programados e nas casuais trocas de olhares pela cidade. A paixão pelo amante, nunca sentida antes por outro homem, muito menos por Olavo, era algo prazeroso, valorado acima da amizade, e bancou a ânsia por liberdade, desejo mais uma vez surgido na vida que Zulmira via secar na convivência familiar não sonhada.

Seca mesmo era a falta de chuva desoladora dos ânimos da população da região. A estiagem completava mais de três meses e meio. Os habitantes mais idosos da cidade, mineiros e paulistas, comentavam pelos cantos que já haviam experimentado situação parecida em seus estados natais e que o fenômeno de baixa pluviosidade decorria do desvio de ritmo da natureza, em razão da perda volumosa de um de seus componentes, no caso o corte desordenado e acelerado das árvores que cobriam o chão do norte paranaense. Ausente a chuva, as ruas e estradas formavam uma camada estendida de poeira vermelha, gerada pelo atrito constante entre a terra descalça e os pneus dos carros, dos caminhões de tora e das charretes, as rodas de ferro das carroças e as patas dos cavalos. As margens das estradas, antes verdes pela vegetação rasteira, por coloniões e pelas árvores de baixa estatura, agora se apresentavam em tom marrom. O pó oriundo dos ventos e redemoinhos que orbitava sobre os móveis e utensílios das casas podia ser visto de longe e impregnava os panos de limpeza, deixando neles as marcas de coloração avermelhada.

Ávida pela água da chuva da libertação, Zulmira chamou Lóla, então amiga e confidente, que por esse tempo já havia se casado, para lhe pedir um favor.

— Estou indo embora de casa. Vou largar o Olavo e levo as crianças comigo. Maria Edite, Jazon e João da Luz ficarão morando na casa de minha mãe em Marilândia. Viverei de agora em diante com o Brando — Zulmira disse com as malas prontas, usando o apelido de Hildebrando.

— Como falarei isso para ele? Coitado — aduziu Lóla, praticamente se recusando a repassar a notícia desastrosa a Olavo, que a acolhera em casa com tanto carinho e respeito.

— Você vai fazer isso por mim, por tudo que fiz para você — Zulmira olhou dentro dos olhos de Lóla com autoridade e continuou: — Diga a Olavo tudo o que você sabe sobre mim e o Brando! Diga que fugirei para morar com ele.

Lóla chorou, mas acenou que atenderia à solicitação. Zulmira completou:

— Preste atenção a mais um detalhe. Só fale com o Olavo depois de uma hora de minha saída. — Estava receosa de que Olavo porventura aparecesse por ali, despediu-se sôfrega de Lóla.

Lóla permaneceu dentro da casa de Zulmira, aguardando o tempo passar para poder cumprir a tão difícil e excruciante promessa feita à amiga.

— O que faz aqui em casa? — Olavo entrou pela porta dos fundos do bar, provocando um susto ostensivo em Lóla, que saltou para trás, soltando um grito agudo de pavor.

— Calma, Lóla! Onde está Zulmira? Preciso contar uma coisa engraçada que vi lá no bar — Olavo comentou, rindo.

De relance Lóla visualizou o relógio e notou que passaram apenas quarenta minutos da partida de Zulmira. Empalideceu.

— O que foi? Você está branca, menina! Aconteceu algo errado? — estranhou Olavo.

— É que não era para eu falar ainda — gaguejou a mulher.

— Você vai falar agora! Diga o que aconteceu pelo amor de Deus! Desembucha, criatura — irritou-se Olavo.

Entre lágrimas e desprovida de eloquência, Lóla, por não encontrar outra saída, despejou em fala desconexa em cima de Olavo tudo o que sabia sobre Zulmira. Antes que ela pudesse terminar, Olavo a deixou falando sozinha e saiu alucinado, determinado a trazer ao menos seus filhos de volta. Da forma como estava, vestido com calça de linho branca e camisa clara, correu em direção à saída da cidade, onde pegou carona com um caminhoneiro que tinha por destino uma serraria de Marilândia. Como tinha pressa e a lotação da cabine estava completa com outros passageiros, acomodou-se na carroceria, agarrado às toras de pinheiro, sem se importar com o potencial risco. Viajou quase sufocado pelo pó levantado na estrada, que ainda se aderiu em torno de seus olhos molhados pelas lágrimas da amargura e do ódio.

Zulmira e as crianças chegaram há pelo menos quinze minutos quando Olavo pôs os pés na porta da casa de Lucidora, visualmente transtornado e sujo pelo pó vermelho impregnado no seu rosto, nas suas mãos e nas suas vestes.

— Onde estão minhas crianças? — berrou, desvairado.

Zulmira se apresentou constrangida em sua frente. Não contava com tão rápida reação. Olavo, sisudo, impediu-a, com rudeza, de ameaçar uma resposta:

— Não quero ver você na minha frente. Não quero ver você nunca mais. Saia daqui. Estou a ponto de perder a cabeça. Saia! Antes que eu a mate pelo mal que causou a mim e a seus filhos.

Zulmira, que ainda não tivera tempo para dar a notícia à mãe acerca da separação, saiu sem reações e em silêncio para os fundos da casa. Lucidora, surpresa e perplexa, conteve-se paralisada com um bule de café na mão, vendo os netos chorando abraçados ao pai. Maria Edite, apesar de sua pouca idade, conseguiu ligar as atitudes estranhas de sua mãe, mas nunca passou por sua cabeça que pudessem atingir um fim catastrófico para sua vida e a de sua família.

Para completar o desvario do cenário, Sebastião, ao tomar conhecimento do ocorrido, abandonou na roça o trabalho que estava executando, voltou furibundo para casa e surgiu na sala na qual estavam reunidos todos menos Zulmira, portando uma garrucha Rossi e vomitando toda a sua raiva aos gritos.

— Onde está aquela filha de uma puta?! É hoje que desfaço o meu erro em tê-la criado.

— Pega essa arma e devolva de onde a tirou! Esse tipo de atitude em nada contribui. Não vai resolver — Lucidora aconselhou o marido com firmeza na voz, postando-se altiva em frente dele. Vendo que não houve revide, continuou com suave brandura: — Você está na frente das crianças, Sebastião! Sua fala só aumentou o desespero delas. Quer descarregar a extenuação? Comece a aparar a grama do quintal com uma tesoura comum.

Sebastião, enxergando razão na admoestação da esposa, abaixou a arma, avexado. Avistou as crianças assustadas por cima da cabeça de Lucidora. Sentiu-se ainda mais constrangido ao ver a presença de Olavo sentado na cadeira de madeira ao lado. Nem mesmo cumprimentou as crianças e o genro, e considerando ele mesmo seu comportamento como pueril, retirou-se com a arma na cinta. Lucidora, para apaziguar os ânimos, solicitou a Zulmira que permanecesse na casa de sua irmã Rusalina, onde já estava no momento de delírio de Sebastião, a fim de que pudesse conversar com Olavo, dispondo de maior tranquilidade. Com o genro mais calmo, conseguiu persuadi-lo a deixar as crianças aos cuidados de Zulmira, a quem tentaria convencer, utilizando-se de todos os argumentos possíveis, a morar de parede e meia em sua casa ou em último caso na casa de Rusalina, nessa circunstância para evitar o confronto com o impetuoso Sebastião.

Maria Edite, que não parava de chorar e se lamentar depois que seu pai foi embora, aproximou-se da avó e lhe pediu:

— Vó Dora, eu quero que minha mãe não vá embora.

— Nem eu, *fia* — abraçou a neta com os olhos lacrimejantes.

— Então pegue uma vara e bata nela, obrigando-a a ficar. A senhora é mãe dela e pode fazer isso — Maria Edite disse, franzindo a testa.

— Não é bem assim, querida. Ela já é uma mulher feita. Os filhos depois que se casam têm vida própria e os pais só podem lhes dar conselhos.

O abraço confortador entre as duas durou prolongados minutos, a avó sem saber o que fazer para consolar a neta e a si mesma. A neta desejava ficar ali, como se o calor dos braços da avó tivesse o poder, pelo menos naqueles instantes, de suavizar sua dor intransponível.

No dia seguinte, Lucidora de fato convenceu Zulmira a ficar morando no sítio com as crianças. Ela aceitou, mas condicionou seu sim a morar com Rusalina, a quem poderia ajudar nos afazeres pesados. Rusalina estava em avançado estado de gravidez, agravado pela queimadura na perna direita, provocado por acidente doméstico com ferro de passar roupas. Zulmira levou consigo Jazon e João da Luz e deixou Maria Edite com a avó, atendendo ao pedido da filha, que não se sentia à vontade na casa da tia, e o desejo de Lucidora, que apreciava sobremaneira a presença da neta, além de não constatar qualquer problema ante a curta distância entre uma casa e outra.

Após a saída de Zulmira com os meninos, a chuva resolveu voltar à região. Começou suavemente e assim continuou por cinco dias seguidos, diluindo o pó e revigorando o verde das matas e das plantações. O clima restabeleceu sua normalidade e os dias ensolarados se mesclaram com os dias de chuva ou nublados.

No sítio, tudo seguia seu ritmo naturalmente. Zulmira limpava a casa de Rusalina, prestava os cuidados necessários à primeira sobrinha e lavava as roupas no rio, na baixada do sítio. Jazon e João da Luz brincavam livres pelas redondezas, caçando pelos capões, nadando e pescando lambaris nos riachos, brincando de bola no terreirão de secar café, matando ratos nas tulhas e aprontando outras daninhezas. Maria Edite, por sua vez, não conseguira ainda se desvencilhar do motivo da distância do pai, e por isso ainda dava preferência em ficar próxima da vó e da mãe.

Numa tarde de sol, Rusalina, que usava uma cadeira para se apoiar ao andar, sobretudo pela grave queimadura em sua perna, decidiu ir até o rio para prosear com sua irmã, a quem chamava de comadre Zulmira. Chegando próximo ao riacho, viu que a pequena trouxa de roupas estava intocada e não localizou a irmã. Gritou por ela, chamou seu nome e, por não ser atendida, dispôs-se a perguntar para outras mulheres que lavavam roupa do outro lado do riacho.

— Vocês viram a comadre Zulmira por aí? — gritou.

— Ela trouxe a roupa para lavar, mas em seguida chegou um homem montado num cavalo e a levou daí montada na garupa — respondeu alto uma das mulheres.

Rusalina, sem nada mais questionar, foi o mais rápido dentro de suas possibilidades à casa da mãe. Antes mesmo de chegar, gritou de longe:

— Mãe, a comadre Zulmira sumiu. Foi embora, mãe!

Lucidora, desconfiada daquilo que poderia ter acontecido, correu às pressas até a casa de seu sogro, por saber que Zulmira havia deixado parte de suas malas com ele antes de se mudar para a residência de Rusalina.

— Boa tarde, Seu Silvério! A Zulmira passou por aqui? — perguntou atordoada ao sogro.

— Boa tarde, Dora! Sim! Levou as malas que estavam aqui comigo — respondeu o idoso de cabelos brancos e olhos azuis.

Lucidora se indignou com o sogro por ter deixado a neta ir embora tranquilamente, sem ao menos tentar convencê-la a não cometer impensado despautério. Todavia entendeu que o idoso não poderia fazer nada. Como já era tarde, postergou para o dia seguinte a ida a Marilândia, a fim de comunicar o padrinho Santiago sobre o ocorrido e pedir-lhe orientações sobre o rumo a tomar. Voltou para casa e pediu a Sebastião para acompanhá-la até a cidade na manhã seguinte. Como já era de se esperar, ele se negou prontamente:

— Eu não vou nesses lugares.

Lucidora, de madrugada, bem antes dos raios de sol, saiu com uma tocha improvisada em punho e caminhou rumo a Marilândia, onde chegou no fim da aurora.

— Não vai adiantar falar com ela! Deixe-a fazer o que ela quer fazer — Santiago aconselhou em tom de sentença, porém condoído com a aflição da mãe, apresentou-lhe um termo: — Dona Dora, se a senhora se agilizar, poderá ainda encontrar sua filha no ponto de ônibus.

Lucidora chegou quase sem ar nos pulmões no único ponto de ônibus da cidade, porém tarde demais, a tempo de ver o ônibus que acabara de sair, a quase três quadras de distância rumo a Apucarana. Concluindo que tudo estava consumado, precisava se erguer para tomar outras decisões importantes em relação aos netos.

    Depois de um diálogo prolongado e de consistentes considerações a partir dos anseios das crianças, ficou decidido que Jazon e João da Luz voltariam a morar com o pai e Maria Edite ficaria com a avó, a quem passou a chamar de mãe *véia*.

Dezenove

Trajada com seu vestido azul cinzento de minúsculas bolinhas brancas, lenço amarelo envolto da cabeça, Lucidora retirou dos olhos seus óculos de armação arredondada, posicionou a mão direita acima dos olhos para se livrar dos raios do sol vindos do poente e ergueu o canto esquerdo da boca, deixando à mostra seu dente canino envolto por ouro, para tentar entender com exatidão a cena que se produzia à sua frente: um caminhão, envolto numa nuvem de poeira, levava na carroceria, entre a mudança, sua neta Maria Edite feliz, acenando-lhe um adeus.

Entristeceu-se por ver no horizonte da vida de sua filha e de sua neta uma incógnita, sobre a qual não desejava lançar correntes de conclusões negativas. Em pé, ali parada e chateada por não ter sido avisada, manteve o pensamento e a postura estancada na esperança de que tudo poderia dar certo, ao menos para a neta, apesar dos abalos sofridos nas estruturas familiares. Pediu aos céus que os ventos impiedosos oriundos da fraqueza humana não voltassem a acoimar as bases frágeis da casa de Olavo. Lucidora abaixou a cabeça, certa de que para ela só restava rezar, pois tudo fizera visando ao bem de seus amados familiares, inclusive os infindáveis conselhos para não voltarem a Faxinal, segura de que naquele lugar morava o pivô destrutivo, causador da erupção de todos os males. A poeira assentou no chão, Lucidora enxugou suas lágrimas com um lenço de pano xadrez cinza e branco e retornou para casa recordando dos momentos gratificantes convividos com Maria Edite, a quem aprendera a querer bem não só com amor de avó, mas de forma mais intensa com o amor de mãe, a mãe *véia*. Sorriu.

Maria Edite, com Jazon e João da Luz na carroceria do caminhão que levava pequena mudança, não cabia em si de alegria. Voltava, afinal, para Faxinal, onde vivera feliz com os pais unidos e com os irmãos que tanto amava. Tudo tornaria a ser como antes, no agradável aconchego do lar. Não lhe importava se a mãe continuaria ou não a agir impaciente, irritada ou intolerante. Não vinha ao caso se não lhe dispensasse carinho.

Bastava somente isto: sua presença e seu olhar de mãe. Não via o momento de entrar pelo bar do pai e pedir-lhe que fizesse um sanduíche que só ele sabia fazer, ganhar um dinheirinho em todos os finais de expediente, na hora da contabilidade do dia, para poder comprar doces e outras guloseimas, além de ir ao cinema para assistir aos filmes de *O Gordo e o Magro*, *Oscarito e Grande Otelo* e *Mazzaropi*.

Maravilhava-se frente à ideia de rever seus amigos e suas amigas, e com todos, inclusive com seus dois irmãos, voltar a brincar despreocupada da vida. Queria, tão logo fosse possível, refrescar-se no riacho, dormir na casa das amigas e convidá-las para pousar em sua casa, jogar bolinha de gude, brincar de salva e de pique, subir nas árvores. Suspirou movida pela ansiedade do retorno. Pensou consigo: "Valeu a pena ter entrado para a promessa". Enfim, sorriu grata e explodiu de alegria soltando o grito no máximo de sua potência vocal:

— Muito obrigada!

Seus irmãos, entendendo ou não o que se passava no coração de Maria Edite, juntaram-se a ela e gritaram numa só voz, repetidamente:

— Muito obrigado!

Até Jazon se engasgar com o pó da estrada, quando sentaram no piso da carroceria, rindo de felicidade.

As crianças são como os passarinhos com relação aos bens materiais. Comem o que tem hoje para comer e vão dormir despreocupadas com o amanhã. Se têm pais, entregam toda a sua confiança neles. Mal sabiam que em Faxinal não havia nada sequer para dormir, quanto mais morar, uma vez que Olavo vendera tudo o que tinha e gastara a maior parte de suas economias na busca de se reerguer financeiramente em Marilândia, quando aceitou reconstruir a vida ao lado de Zulmira. Agora teria que praticamente recomeçar tudo de novo, só que dessa feita abastado de experiência e confiança em si próprio e em seu espírito empreendedor, encorpado pela indiscutível força de vontade.

Olavo intuía que esse seria o momento propício para evidenciar seu potencial empresarial aos filhos, que nele confiavam com os olhos fechados ante um abismo. Por ser um homem dado e conhecido no povoado, no mesmo dia alugou um ponto, não sem antes avaliar as vantagens e desvantagens das propostas, de acordo com sua capacidade econômica. Sopesando sua realidade, alugou um imóvel constituído de uma casa de madeira vocacionada para montagem de um bar, e nos fundos de uma casa pequena, também de madeira, para ser utilizada como moradia da família. Seu tino não falhou: em pouco tempo de bar montado, o negócio surtiu-lhe resultados além do esperado, em retorno massivo da freguesia composta de frequentadores fiéis e propagandistas e de novos moradores atraídos pela propaganda.

A fama dos sanduíches do Olavinho e de seu atendimento cordial foi repassada de boca em boca, com dimensão capaz de fazer o ambiente parecer pequeno para abrigar a quantidade de fregueses. A saída inicial para o impasse foi colocar mesas na calçada, porém não surtiu os efeitos esperados, principalmente nos dias de frio. A mudança para um local mais apropriado urgia, a desocupação do primeiro hospital da cidade ocorria e Olavo surgiu na casa do proprietário. Selou contrato de aluguel vantajoso, transformou o prédio edificado para receber um hospital num espaçoso e sofisticado bar, e ainda sobrou espaço amplo e aconchegante para abrigar a família. Era um prédio todo feito de madeira de pinheiro nas paredes e no forro, de peroba no assoalho, composto de sete cômodos menores e de uma sala ampla na parte frontal. Nesta Olavo montou o bar e naqueles a moradia da família.

Olavo e Zulmira, com suporte no progresso financeiro alcançado, retomaram o respeito hipócrita da sociedade faxinalense em ascensão. Era a mesma gente que sem saber a verdade dos fatos futricava suposições aos sussurros nas reuniões casuais, a respeito do distanciamento do casal. A bisbilhotice se tornara façanha obstinada, e por fim frustrada pela resposta inalterável de Olavo:

— Zulmira está morando com a filha em Marilândia na casa de meus sogros. No momento é indispensável sua ajuda no tratamento de uma parente doente. Eu fiquei com os meninos com o objetivo de que não percam os estudos.

Com o passar do tempo, ninguém mais levantou a questão, muito menos quando o casal voltou à cidade, exibindo visível e respeitoso relacionamento, somado à meteórica evolução social.

Não obstante, no período em que esteve separado de Zulmira, Olavo, muito mais do que antes, não deixou de procurar e encontrar oportunidades para acalmar sua fúria sexual, cuja atuação primorosa forjou nele a fama de Don Juan entre as mulheres da cidade, desejosas por encontrar um amante ocasional e discreto. Olavo tornou-se um perito da conquista, aplicando táticas de sua vasta experiência positiva ou negativa no campo da sedução, adquiridas por ele ou pela busca incessante do conhecimento sobre o assunto a partir da leitura reiterada de folhetins e livros e mais livros relacionados ao tema. Pensava: "Nisso, sou mestre".

Assim julgava-se confiante e transmissor de segurança, assumindo sempre uma postura normal, ereta e simpática, sempre bem vestido com seus ternos impecáveis, bigode bem aparado, dentes escovados, brilhantina mantenedora dos cabelos penteados intactos, perfume importado suave.

Agia no papel observador sem deixar ser notado, para saber sem equívocos para onde avançar. Homem ponderado ao extremo até sentir algum sinal de abertura, gentil e bom de papo, sem demonstrar interesses apressados para não afugentar o alvo do interesse, um exímio ouvinte, a fim de mostrar-se compreensível na perspicácia de agir como uma "amiga". Suas falas se adornavam repletas de questões positivas, sem reclamações da vida, imbuídas do único propósito de fazer rir. Por fim, diante da mulher desejada, erguia-se um homem atraente de atitudes, sincero, humilde e bem-sucedido.

As estupendas conquistas amorosas arquitetadas por Olavo deram-se, em sua maioria, com mulheres casadas, desiludidas por casamentos arranjados nos quais não conheceram o amor ou o prazer, sistematicamente a elas negados. Mulheres que sonhavam sentir, ao menos numa lépida oportunidade, o frenesi proveniente dos delírios escaldantes dos amantes na intimidade da cama. Mulheres ressentidas, que viviam com homens brutos e insensíveis, guardiões da concepção petrificada acerca da subserviência da fêmea aos prazeres sexuais do companheiro e aos atributos na geração de filhos. Com relação a essas mulheres, Olavo se detinha, dispondo de maior tempo nas minuciosas observações de seus movimentos corriqueiros, na análise acurada de suas atribuições. Concomitante a esse estudo, instruía-se, munia-se de pormenores vinculados e correlacionados ao trabalho e lazer dos seus maridos. Depois de tudo bem estudado, seguro e preparado, cunhava encontros "aleatórios" com a dama-alvo.

— Boa tarde, Senhora, sou Olavo — apresentava-se, bem simpático, com enlevado respeito, e antes que ela dissesse qualquer palavra, ele já emendava no assunto do "script": — A senhora sabe o nome do dono do comércio de tecidos da rua de baixo?

— Sim, é o Senhor Cristino.

— Que bom! É indelicado a gente chegar a um lugar sem saber o nome com quem se pretende conversar. Eu agradeço! A senhora é muito gentil. — Emendava: — Ficou muito bonita essa renda em sua saia. Foi a senhora mesma quem a fez?

— Sim! Como o senhor adivinhou?

— Só pelo jeito da Senhora. Uma pessoa cheia de vida sempre colocará vida nas coisas que usa.

Conforme a receptividade, o sorriso, os olhares, Olavo avaliava se prosseguia ou não com sua artimanha. Com essa mulher, por exemplo, manteve um relacionamento de dois meses seguidos, depois diminuiu o ritmo até parar de vez. Era assim. Ele não se prendia a ninguém. Terminava tudo se pressentisse fumaças de perigo de o jogo descompromissado passar para partida séria no lado oposto ou se enxergasse sombras do meio-dia nos olhos desconfiados do marido da amante.

A roupa da discrição vestida por Olavo, da qual não abria mão nem mesmo nas corriqueiras conversas banais com seus amigos próximos, garantiu-lhe a manutenção imperturbável de sua atividade matreira, porque mantinha a garantia empenhada de jamais revelar a quem quer que fosse sobre seus feitos de alcova. No princípio, o receio de blefe se prolongava no tempo. Mas não. De fato, nunca esticou o peito para anunciar de cima do telhado notícias íntimas sobre as mulheres com as quais tivera um caso amoroso.

Mas acontece que, mesmo que ele nunca tenha revelado tais situações, algumas mulheres não deixaram de externar à amiga mais próxima, ainda que discretamente, sua aventura arriscada e fascinante com o baianinho fogoso. Quando o assunto insatisfação sexual ressurgia nas mesas de jogo ou do café da tarde, nas cadeiras da cabeleireira ou mesmo nas conversas num eventual encontro na rua, o nome Olavo era lembrado:

— Ele é muito charmoso.

— Aquele sabe fazer uma mulher feliz.

— Foi uma verdadeira explosão.

— Eu nunca havia sentido isso antes.

De posse de tais informações, apesar de expressarem repúdio diante das falas das amigas, algumas mulheres mais recatadas, a despeito de gozarem de vida sexual normal, ainda assim deliravam com o desejo de experimentar algo excêntrico à margem da promessa matrimonial, mas se viam aflitas só pelo fato de imaginar a aventura, e quiçá concretizada, pela vergonha da execração social:

— Confiar em homens? Eu não. Eles adoram espalhar entre os amigos suas conquistas sexuais apoteóticas.

Depois de Olavo, o sonho se tornou realidade.

Dessa forma, Olavo, que antes procurava, agora era procurado. Em seu bar, mormente no meio da tarde, ocasião de queda quase completa do movimento comercial, a carente de amor entrava no bar encouraçada pela desculpa de tomar um refresco ou comprar bala doce. Olavo, ciente do real motivo da presença da freguesa, abandonava os serviços aos cuidados do ajudante e dirigia-se aos fundos do estabelecimento para tirar uma soneca com a ordem de não ser perturbado por nada. Trancava as portas, menos a da cozinha, cuja tarefa se incumbia à ilustre visita. Depois do amor, voltava para o bar e entretinha o ajudante, na intenção de que a saída da amante não fosse notada. "Se o ritual é sempre exitoso, por que abandoná-lo?", pensava Olavo.

Toda essa estrutura escorreita teve seu fim com a volta para casa de Zulmira e Maria Edite. Não seria mais possível e aconselhável agir da mesma forma. Então Olavo se acomodou por um tempo, mas só por um tempo. Mais precisamente até montar o bar no suntuoso prédio do antigo hospital. Durante um dia da semana em que Zulmira foi a Marilândia com os filhos para visitar Lucidora, coçou nele o ímpeto do desejo de uma pontual aventura amorosa, provocado pela visita de um antigo caso. Caiu na tentação. A partir de então não mais se controlou e voltou, mesmo que de forma tênue, a dar asas a seu espírito aventureiro em busca de novas experiências sexuais.

Zulmira nunca esboçou o mínimo interesse em saber ou esquadrinhar as escapulidas do marido. Abominava irrestritamente fofocas. Por essa razão, qualquer pessoa que se empenhasse em afiançar mexericos em sua presença voltava para casa desapontada, quando não enraivecida, pois Zulmira não dava trela e tratava logo de mudar o rumo da conversa, ou, dependendo do portador ou portadora do mexerico, recebia um esculacho para nunca mais voltar. Se o assunto enveredasse para burburinhos sobre Olavo, ela, sem receios, mandava calar a boca. Perdia a amizade.

— Fazer o quê? É bom que não volte mais.

Agia dessa forma mesmo que Olavo não fosse merecedor de sua confiança há muito tempo e que não esperasse dele quaisquer resquícios de fidelidade. Também não se sentia apoderada do direito de exigir um comportamento ilibado por parte dele, acorrentada com o peso do histórico irregular que também desempenhou. Pretendia, sim, viver em paz e levar a vida familiar de antes da separação. Sentia que seu cônjuge nutria um amor único por ela, externado pelo carinho e pelas carícias, pelos mimos cada vez mais frequentes, pelos cuidados e pelas preocupações a ela dispensados. A recíproca não era verdadeira, e por mais que Zulmira tivesse se esforçado em instaurar investigações no mais recôndito da alma, nunca encontrou uma centelha sequer de atração, quem dirá amor, por Olavo.

Naquele momento de sua vida, quando retornava à convivência marital com Olavo, Zulmira pretendia apenas viver ao lado dele, quem sabe até que a morte os separasse, como prometera no ritual matrimonial da igreja.

Não é bom viver do passado. Prender-se agrilhoado a ele, como que carregando uma bigorna amarrada aos pés, as mãos atadas com correntes pesadas ou um turbante férreo sempre causarão algum tipo de malefício somático. O mal surgido é como as pequenas folhas que se desprendem facilmente das suculentas: espalha-se depressa e logo cresce em qualquer espaço de terra, resultando num contínuo vir a ser não planejado. Contudo, o passado existe, e não raras vezes, independentemente da vontade, visita a memória. Não há o que fazer, como dele fugir em desespero. O sábio controla as investidas do passado, assimila-o como conhecimento, suga-o ao receptáculo da experiência, como forma de subsídio para o real protagonista da vida: o glorioso presente. Esse era o pensamento de Zulmira. Não pretendia viver do passado. Assim vivia bem. Dormia tranquilamente. Portava-se de modo impecável em seus relacionamentos sociais. Não lhe aprazia saber da vida dos outros, bem como falar sobre suas intimidades.

Vinte

Maria Edite, com 9 anos, cursava o segundo ano dos estudos primários, porque deixara de frequentar a escola enquanto esteve em Marilândia. Jazon iniciara o primeiro ano normalmente, e João da Luz ainda não tinha idade para sentar-se nos bancos escolares.

Na Escola Estadual Ouvidor Pires Pardinho, Maria Edite pode rever seus colegas e suas colegas, reatando o seu contato com Helena, sua melhor amiga, em quem confiava para conversar assuntos íntimos e relevantes, com quem adorava brincar de subir em árvores e confeccionar roupas de bonecas. Além disso, com a amiga preparava "comidinhas" em pequenos fogões improvisados, utilizando-se de latas vazias para funcionarem como panelas e cozinhar arroz, legumes e passarinhos, geralmente pombas e rolinhas caçadas com estilingue pelos meninos, parceiros na brincadeira. Todos se alimentavam simbolicamente, mesmo que de um pequeno pedaço de passarinho frito ou de uma pequena porção de arroz e legumes.

Helena, um ano mais nova, frequentava a mesma sala de aula de Maria Edite. A amizade entre elas atingiu a solidez e a beleza da fidelidade, num sentimento recíproco de fraternidade. Era amizade que surge do encontro não previsto e não calculado, resultante de ideais semelhantes nascidos em situações de ponto de vista diverso, mas que se convergem por atração em indeterminado ponto no tempo. Um ponto brilhante no universo que se deixa brilhar por anos mesmo após a morte. Assim, os dias eram curtos para o tempo de que necessitavam para brincar juntas, conversar, e simplesmente ficar juntas, mesmo que em silêncio contemplando as estrelas, admirando a natureza e ouvindo música.

Depois de uma tarde juntas, Maria Edite acompanhou Helena até sua casa, com a intenção de convencer Dona Isaura a permitir que a filha pousasse na casa de Maria Edite. Helena não tinha coragem de fazer o pedido e sabia que a chance seria maior se a solicitação partisse da amiga, torcendo muito por uma resposta afirmativa, pois, além de gostar muito de Maria Edite, pousar na casa dela significava comer coisas boas raramente experimentadas por sua família, como carne à vontade, pão francês, manteiga, doces.

— Na sua casa a gente passa bem — dizia, entusiasmada.

— Dona Isaura, deixa a Helena pousar lá em casa?! — pediu Maria Edite, pela segunda vez.

— Será? Vocês duas já não estão satisfeitas de passarem a tarde toda brincando? Seu Olavo ou Dona Zulmira vão acabar se incomodando com isso — Dona Isaura ponderou, pregando botão na camisa branca de seu filho.

— Não, Dona Isaura. Pelo contrário, eles ficam muito felizes. A Helena é minha melhor amiga — suplicou Maria Edite, no mesmo momento em que Helena abaixou a cabeça, fazendo com que os cabelos loiros cortados rente à orelha tapassem parte do rosto.

— Está bem. Só porque hoje é sexta-feira — consentiu Isaura, mesmo que contrariada. Então voltou-se para Helena, que sorria, deixando à vista seus alinhados dentes brancos. — Amanhã quero a senhorita às oito em ponto aqui nesta porta.

Isaura dirigiu-se ao quarto para organizar em uma pequena sacola de tecido de linho azul o necessário para subvencionar o pouso da filha em casa alheia, bem mais confortável que a sua.

Helena, filha temporã, morava em um casebre carente de conservação com a mãe e o irmão Teodoro, de quem tirou o título de caçula ao nascer. Teodoro assumiu o encargo de arrimo de família após o casamento do primogênito. Era ele quem trazia o alimento para o sustento da casa, empregando todo o mirrado dinheiro que recebia de salário pelo desempenho do emprego de atendente em uma loja de tecidos na rua principal da cidade. Isaura não escondia a preocupação pela eventual decisão de Teodoro de também sair de casa, tendo em vista a inexistência de qualquer outra fonte de renda da família, agravada pelo seu inconstante bom estado de saúde.

Enquanto Isaura preparava a matula de Helena, as duas meninas ouviram um pedido de socorro vindo de um quarto apartado da casa.

— Acuda! — dizia a voz rouca e sofrida.

Maria Edite assustou-se e admirou-se com a atitude da amiga, que, apesar de macilenta, com coragem correu na direção de onde vinha a voz. Maria Edite, para não deixar a amiga sozinha a enfrentar o suposto perigo, abasteceu-se de acirrada determinação e seguiu atrás destemida. Encontrou Helena tentando acalmar um senhor deitado num colchão de palha de milho, acomodado em cima de uma cama de madeira improvisada. Maria Edite parou na porta do quarto atônita ao ver a imagem daquele idoso de pelo menos dois metros de altura e cabeça envolta por cabelos brancos que olhava fixamente para o teto com a boca aberta, como que alheio ao mundo.

— Quem é? — perguntou Maria Edite.

— É meu pai — respondeu Helena, e esclareceu: — Ele sofreu derrame e agora está assim desse jeito. Não reconhece ninguém. Nem mesmo eu — disse como os olhos cheios de água.

Maria Edite abraçou a amiga com compaixão. Conteve-se em perguntar acerca das razões do segredo, convicta de que naquela situação seria mais importante o consolo que qualquer tipo de cobrança.

— Por isso que você é mais alta que eu. Seu pai é muito grande — Maria Edite quis brincar com Helena, já em sua casa, quando estavam arrumando as camas para dormir.

Olavo e Zulmira tinham o costume de se demorar entre os últimos afazeres do bar e da casa, entre conversas, ponderações e projetos, antes de irem para cama. Sabendo disso, as duas amigas aproveitaram para ficar mais tempo juntas. Durante a brincadeira com as bonecas, Helena aproveitou para falar sobre um assunto novo, que já vinha ensaiando revelar há dias.

— Acho que estou gostando de alguém.

— É mesmo? De quem, Helena? — perguntou Maria Edite com brilho nos olhos.

— Do Tarcísio — Helena colocou a mão na boca para esconder o sorriso.

— Viva — Maria Edite gritou de alegria. — Você já falou para ele sobre o seu sentimento? — ela indagou, colocando a boneca sentada no travesseiro.

— Não! Nem quero que ele saiba — Helena respondeu, levando a boneca para perto da janela.

— Será que ele também gosta de você? — Maria Edite questionou, levando a boneca para perto da amiga.

— Às vezes, ele olha para mim e quando vê que eu vou olhar para ele, ele vira o rosto — respondeu, levantando a boneca para o teto.

— Ah, então ele gosta de você, boba — disse Maria Edite, forçando Helena a olhar para ela.

— É, pode ser — concluiu Helena, esboçando um sorriso e logo encerrou com seriedade: — Mas não é para contar para ninguém. É segredo nosso.

— Eu já tenho namorado. Você já sabe — finalizou Maria Edite. Ambas ficaram em silêncio, balançando as bonecas.

Maria Edite partilhava sem receios a todas as pessoas a convicção de que namorava seu vizinho José Amadeu, mas ainda não revelara a ele. O jovem de 23 anos de idade dava asas às imaginações puras da menina. Desprovido de malícias, entrava na brincadeira, cortejando-a com delicado aperto de mão ao retirar o chapéu da cabeça. Era gente de boa índole e bem quista pela família. Por isso entrava na casa de Maria Edite sem avisar e, não raras vezes, alguém da família se surpreendia ao vê-lo sentado no sofá da sala ouvindo música na vitrola recém-comprada por Olavo, dada a dificuldade financeira da maioria da população em adquirir um aparelho de tão alto valor na época. Ninguém da casa se incomodava com sua presença, e José Amadeu muitas vezes passava horas trocando os discos goma-laca, tocados na velocidade de setenta e oito rotações por minuto. Maria Edite também apenas o recebia, quando estava em casa, e saía em seguida para brincar e fazer outras estripulias com a criançada.

Numa tarde de inverno, quando José Amadeu ouvia "Folha Morta", cantada por Dalva de Oliveira, Maria Edite entrou na sala toda vermelha e esbaforida vindo da rua, e o encontrou com lágrimas nos olhos.

— Você está chorando — disse e sentou-se na poltrona de frente para o rapaz.

— Meus olhos estão ardendo. Deve ser alergia de alguma flor — abrandou José Amadeu, enxugando seus olhos pretos.

— Você está mentindo para mim.

— Não! Imagine!

Levantou-se o jovem, esticando seu corpo magro de quase um metro e oitenta de altura. Passou a mão esquerda do início das entradas da testa até a nuca dos cabelos castanhos, mudou o disco para a vitrola tocar "Índia" com Cascatinha e Inhana. José Amadeu acabara de se envolver numa briga pueril com sua namorada e estava sim chateado, mas pensava de imediato como pediria perdão a amada. Para não entregar à menina o estado de desolação em que estava, mudou o rumo da conversa para uma lhana brincadeira.

— Nossa, estou diante de uma moça muito perspicaz. Além de tudo, bonita. Que privilégio o meu!

Maria Edite ficou toda lisonjeada com as palavras de José Amadeu e logo assimilou, a partir de sua diminuta visão de mundo de conto de fadas, que ele estava gostando dela.

— Você quer ser meu namorado? — perguntou a menina.

— Era isso que eu esperava que você me perguntasse! É claro que sim. — José Amadeu pegou seu chapéu, fez vênia para Maria Edite e saiu em direção à sua casa vizinha.

Tudo se resolveu no castelo de sonhos de Maria Edite. Agora tinha um príncipe que sabia que era seu namorado e, para ela, os namorados "gostam um do outro e se encontram para passear juntos e conversar. É isso".

José Amadeu se divertia com o entretenimento despretensioso, blindado pela ingenuidade de Maria Edite e pela submissão aos seus próprios princípios éticos e morais. Nesse diapasão, quando encontrava Maria Edite, tirava o chapéu em reverência, perguntando-lhe sorridente: "Como vai a minha namorada?". Maria Edite se divertia com a situação e prezava as conversas espontâneas com ele, cuja amizade dava-lhe a ilusória sensação de se aparentar adulta.

Enfim, Helena, diferentemente de Maria Edite, não queria que as pessoas soubessem sobre seu sentimento apaixonado pelo colega de escola. Simplesmente bastava que ela soubesse.

Vinte e um

    Olavo e Zulmira, por serem próximos de José Amadeu, nunca se amofinaram com o modo gentil e lúdico como o rapaz lidava com a filha na frente deles, embasados sua natureza simpática, dócil, educada e jocosa com que tratava as pessoas de forma geral. Contudo, em uma oportunidade, Maria Edite chegou em casa eufórica dizendo que o jovem havia a levado à sorveteria e lá, enquanto tomavam sorvete, elogiou-a e disse que, se ela fosse um pouquinho mais velha de idade, casaria com ela.

    Exagerou? Para Olavo sim. Doutor no assunto, exímio naquilo que é, enxerga dentro de seu domínio conclusões não pretendidas em frases despretensiosas. Assim, Olavo concluiu por bem determinar o fim do enredo infantil, orientando Maria Edite sobre as possíveis más intenções de José Amadeu e intimando este com seriedade e vigor a romper de imediato a brincadeira, que a seu ver se tornara de mau gosto. Maria Edite assimilou as considerações do pai, não se perturbou e achou por bem abandonar o "namorado ideal", especialmente porque Olavo a comunicou que José Amadeu estava com o casamento agendado para o final do mês.

— Tudo bem para mim. Agora que sei que é um mentiroso traidor.

    Maria Edite não deixou de se perder em seus devaneios de menina, e de modo igual não mais intentou atropelar sua condição de criança livre e solta. Amizade sincera sentia apenas por Helena. A amizade sincera! Aquela que se garante por si mesma. Que não exclui ou faz excluir. Alerta sobre o perigo, porque ama e não quer ver o(a) amigo(a) cair em tramas insidiosas. Desfrutando de uma amizade nesse degrau elevado, Maria Edite se relacionava com outras meninas da cidade com liberdade e simpatia, e também com os meninos, com os quais brincava sem se acossar com o clichê "brincadeira de menino".

    — Qual é o jogo hoje? — Maria Edite, de longe, se aproximou perguntando aos meninos reunidos, cada um de posse de saquinho de pano, repleto de bolinhas de gude.

— Oh, Jazon! Você não falou para sua irmã que isso é brincadeira de menino? — indagou, irritado, Sinésio, colega de sala de Jazon.

— Fale isso para ela. Deixe de ser bobo, guri. Você é o melhor jogador entre nós. Pense bem! Você pode ganhar todas aquelas bolinhas que estão no saquinho que ela vem trazendo.

— Estamos jogando círculo, agora — respondeu Sinésio, ainda contrariado, mas já pensando na "vantagem" em ganhar as bolinhas de uma menina.

— O que estão olhando? Vim aqui para rapelar vocês — impôs-se Maria Edite, séria.

Estavam reunidos em torno de Sinésio e Jazon mais três meninos (Jonas, Batista e Zé Lico), que caçoaram do atrevimento de Maria Edite:

— Isso é o que veremos.

— Não vai nem dar pro cheiro.

— E menina sabe jogar?

Sinésio riscou o círculo no chão com um pedaço de madeira, dentro do qual cada jogador casou duas bolinhas, distribuídas no espaço a critério de cada um, conforme acordo predeterminado. A ordem dos jogadores definida por sorteio desenhou a seguinte plataforma, do primeiro ao último: Zé Lico, Jazon, Maria Edite, Sinésio, Batista e Jonas. Definiu-se a distância para lançamento por votação: venceu um metro e meio com quatro votos. Zé Lico arremessou a bolinha de lançamento, apelidada de "batatão", e retirou do círculo uma bolinha. Por ter acertado o primeiro lançamento teve direito de mais um, porém a bola do jogo atravessou o círculo triscando sua mira. Passou a vez para Jazon, que efetuou os lançamentos com perícia e deslocou uma bolinha em cada jogada. No terceiro lance também acertou, mas a bolinha não saiu do círculo, travada com "batatão". Com isso, além de passar a vez para Maria Edite, foi obrigado, por penalidade do jogo, a entregar a burquinha principal à irmã.

— Maravilha — exultou-se Sinésio ao sentir que aproximava a sua vez.

— Eh! Por que tanta euforia? Não sobrará nenhuma para você — exibiu-se Maria Edite, elevando seu "batatão" azul transparente à altura dos olhos.

Demorou-se por alguns segundos admirando as bolhas de ar dentro da burquinha: "São os planetas no universo. A macha branca que a envolve é a via láctea". Olhou de revés e percebeu a irritação dos meninos a esperar pela sua jogada. Deu um beijinho naquele universo maravilhoso sob seu domínio, comandado por suas mãos habilidosas e por sua inquebrantável vontade de vencer naquele momento. Segura de si, Maria Edite arremessou seu "batatão" e com ele acertou nove lances seguidos, rendendo-lhe dez bolinhas no embornal, contando com o "batatão" de Jazon.

Sinésio, inconformado porque não teve a oportunidade de jogar ao menos uma vez, além de perder suas duas bolinhas, riscou um círculo maior e desafiou:

— Quem topa casar quatro bolinhas?

— Essa menina joga muito. Eu não quero perder mais hoje — respondeu Batista.

— Estou fora também. Tenho só três. — Jonas mostrou as burquinhas que estavam em suas mãos, depois de esconder as demais no bolso, ao ver Maria Edite acertar todos os arremessos.

Os demais colocaram no círculo, cada um, as quatro bolinhas do desafio. Causou-lhes desespero contido o resultado do sorteio, que colocou Maria Edite na dianteira, seguida por Sinésio, Zé Lico e Jazon. Novamente a menina acertou oito vezes em sequência e somente no nono lançamento "o batatão" passou pelo círculo sem nada atingir.

Nervoso e desequilibrado com a situação, Sinésio retirou por um triz a bolinha do círculo no primeiro lançamento, porém no subsequente empenhou demasiada força e acabou por quebrar a bolinha do círculo em duas partes, além de desviar seu "batatão" para fora da marca limítrofe. Sem falar nada, desapontado e envergonhado por perder o jogo para uma menina, abaixou a cabeça fungando e foi embora para sua casa sem olhar para trás.

Os meninos e Maria Edite com seus "batatões" na mão ficaram em silêncio vendo o companheiro de jogada se retirar encabulado.

— Não sabe perder — concluiu Zé Lico e disparou suas remessas certeiras, deslocando as demais bolinhas de gude do círculo.

— Vamos jogar sem valer? — Batista sugeriu, por entender que seria mais prudente.

Todos concordaram e ninguém mais perdeu bolinhas de gude naquele dia, mas a fama de boa jogadora de Maria Edite se espalhou entre as conversas da molecada. Desde então passou a ser respeitada, e por que não? Temida pelos grupinhos de meninos, quando deles se aproximava com seu saquinho de bolinhas de gude.

— Joga muito! É uma menina a ser vencida.

Saber separar uma circunstância da outra é como apreciar os sabores diferentes dos pratos que nos são colocados à mesa. A vida não é estanque e as oportunidades que ela nos dá são múltiplas na clareza ou na obscuridade, nesse caso aberta para excentricidade sedutora. Ora, se um menino daqueles do jogo de bolinha de gude visse Maria Edite vestida para um baile matinê, com certeza não a reconheceria. Se por acaso a reconhecesse, diria:

— Aquela é a menina que anda descalça pelas ruas e rapela a gente no jogo de bolinha? Não acredito! É aquela que usa calção abalonado com elástico acima dos joelhos e blusa de abotoar? Não pode ser! É ela que sobe em árvores com invejável destreza? Que atravessa o banhado na frente da gente? Que nada nos pocinhos do riacho?

Sim! Para aquelas ocasiões se apresentava bem vestida, trajando os vestidos da moda, usando sapatos irrepreensíveis, exibindo os cabelos penteados no salão de beleza e portando adornos de qualidade nos dedos e pescoço, acompanhada de sua inseparável amiga Helena, não menos apresentável e usufruindo dos mesmos luxos. Maria Edite se empenhava primeiro para conseguir a permissão de Dona Isaura para que Helena a acompanhasse, e segundo para que Olavo financiasse a compra de tecidos semelhantes para a amiga e garantisse a confecção de lindos vestidos de acordo com o gosto dela. Desde os detalhes dos preparativos até o desempenho no dia do evento, não havia quem não percebesse o arrebatamento das meninas, externado em suas excitadas falas e ardorosos comportamentos.

— Editinha! Amanhã é dia de prova — alertou Zulmira, já irritada com a conversa sem fim vinda de dentro do quarto de Maria Edite, numa quarta-feira antes do baile de sábado.

— Já vou, mamãe — respondeu, displicente, Maria Edite, dando continuidade ao assunto com Helena.

Passados quinze minutos, Zulmira surgiu na porta do quarto sem ser vista e ficou ali esperando de braços cruzados, demonstrando clara insatisfação.

— Ah! — gritou Helena assustada ao ver Zulmira e se apressou. — Desculpe-me, Dona Zulmira. Já estou indo. Tchau, Maria Edite! Até mais, Dona Zulmira.

Vinte e dois

Zulmira e Olavo receberam em casa a jovem Maria Rita, acompanhada pelo noivo Anastácio, que lhes entregou em mãos o convite para serem padrinhos de casamento. A designada para cerimônia era o terceiro sábado do mês seguinte, a realizar-se na Igreja Matriz São Sebastião, e a festa na casa dos pais da noiva, localizada na zonal rural.

A notícia provocou rebuliços nas atividades corriqueiras da família, não só pela euforia das crianças atrelada aos festejos no sítio, como pela dependência renitente de Maria Rita (Ritinha) dos conselhos e palpites de Zulmira, afinal essa foi a principal motivação que levou a noiva a convidá-la para madrinha. Antes de qualquer decisão envolvendo o casamento, Maria Rita se descolava do sítio e corria, sem demora, até a cidade para sanar suas dúvidas com a madrinha Zulmira:

— Dona Zulmira tem bom gosto e um excelente dedo para indicar o mais elegante vestido de noiva para mim.

No ateliê de sua costureira, Zulmira virou as páginas de um mostruário, analisando os desenhos de vestidos mais recentes do ano. Apontou um com ar de interrogação:

— Será?

— Ai, que lindo, pode ser — afirmou Ritinha, arquejando.

Zulmira olhou para ela e sorriu com graça e respeito. Passou por mais algumas páginas e apontou novamente.

— Hum! Quem sabe?

— Ai, que lindo, pode ser — Ritinha bateu palmas, toda feliz.

Cena semelhante se repetiu cinco vezes. No último ensejo, a noiva se emocionou antes mesmo da virada da página da revista, levando Zulmira a coligir que a mocinha ficaria feliz com qualquer escolha. Então decidiu por si mesma e Ritinha se mostrou imensamente agradecida.

Até o sábado anterior ao do casamento, Ritinha havia emagrecido pelo menos quatro quilos e derramado rios de lágrima, tamanha a ansiedade desenvolvida. Naquele dia a noiva, esgotada, foi à casa dos padrinhos para se decidir sobre a maquiagem e o penteado para o tão esperado dia que parecia nunca chegar e ao mesmo tempo já estava muito próximo. Aproveitou a oportunidade, atendendo à insistência da madrinha para que usasse um de seus sapatos, qualquer um que gostasse mais entre a profusa quantidade de pares guardados em seu quarto.

— Meu Deus! Quanto sapato, Dona Zulmira — exasperou-se Ritinha quando a madrinha abriu o baú disposto no quarto.

— Tem mais alguns aqui na mala. — A dona da casa puxou o zíper da mala, colocando-a sobre a cama.

Por sorte, as duas calçavam o mesmo número, trinta e sete, aliás tinham muitos pontos semelhantes na aparência, diferenciada somente pela estatura, Ritinha com dez centímetros a menos que Zulmira, um metro e cinquenta.

Maria Rita, depois de experimentar quase todos, escolheu um de seu maior agrado.

— Vou emprestar esse aqui.

Antes que ela terminasse, Zulmira emendou:

— Que emprestar o quê. Eles são seus.

A moça abraçou a madrinha com tanta força, sufocando-a a tal ponto que se obrigou a pedir que parasse. Então partiram para a escolha da maquiagem.

— É só você decidir sobre as cores. O resto deixa comigo — aconselhou Zulmira.

— O batom pode ser esse vermelho aqui — Ritinha disse convicta sem se demorar na escolha. Quanto ao rouge, ao pó de arroz e a outros equipamentos de estética, abandonou-se à preferência de Zulmira. Diante da penteadeira parou, esticando o ouvido do lado esquerdo do rosto para o lado e os olhos para cima, para perguntar: — Quem está cantando tão bonito? E tem sanfona acompanhando.

— Vamos até a cozinha para você ver — respondeu Zulmira.

Na cozinha, sem se deixarem notar, Zulmira e Maria Rita se posicionaram atrás de Maria Edite cantando e seu padrinho Zezinho dedilhando concentrado as teclas e os baixos do acordeão. Quando encerraram o ensaio da música em execução, Maria Rita bateu palmas com felicidade:

— Que lindo!

— Nós estamos ensaiando para a festa de seu casamento — adiantou-se Maria Edite.

— Nossa, eu nem sei como agradecer — ruborizou-se Ritinha.

— Sendo feliz! Amando seu marido e seus filhos, quando nascerem — Maria Edite acenou com ternura.

Ritinha se emocionou novamente e correu para abraçar Maria Edite, que tão logo conseguiu se livrar do abraço de tamanduá retomou seu ensaio com o padrinho.

No sábado do casamento, Maria Rita saiu apoteótica da casa dos padrinhos. Sentiu-se realmente linda. Expressou eterna gratidão à Zulmira, surpreendida por não precisar pagar pelos arranjos do cabelo, pelo feitio das unhas, pela maquiagem e pela confecção de vestido:

— É tudo presente. Você merece isso e muito mais — disse Zulmira, sincera e realizada, da mesma forma que deu a ordem para saírem aceleradamente para a igreja, ao ouvir pela segunda vez o aviso de que tudo estava pronto e o padre já aguardava no altar.

Maria Rita se deslocou suavemente pela rua, ladeada por Zulmira, Maria Edite, Helena e Olavo, que seguravam as pontas de seu vestido esvoaçante, movimentadas pelo vento brando da tarde, a fim de que não se sujasse ao tocar no pó da avenida sem pavimentação.

Frente ao altar aguardava Anastácio, nervoso dentro de seu terno azul-marinho, suando da testa até as proeminentes bochechas rosadas, tremendo as mãos fortes e calejadas de agricultor. Deixava aparecer, por descuido ao abotoar a camisa, sucinta imagem da barriga branca à altura do cinto da calça. Emocionado ante a visão de Maria Rita flutuando por entre os bancos centrais do templo, deixou cair as lágrimas de paixão de seus olhos pretos, pequenos e afundados no rosto. Entre choro de emoção e alegria, os dois fizeram as promessas de amor eterno, mútuo respeito e compreensão.

Cumprido o ritual posto pela igreja, passou-se em sequência ao ritual ditado pelo costume, cujas rubricas vinham predeterminadas num esqueleto dançante e festivo, sem, contudo, execrar liberdades e acréscimos, dependendo da natureza e da vontade dos festeiros. Tais badulaques acabavam por se transformar, dependendo do sucesso obtido, em verdadeiras pedras preciosas para as gerações vindouras.

Na igreja não estavam presentes nem duzentas pessoas, mas no bar de Olavo, primeiro ponto obrigatório do itinerário das festividades, já passavam de trezentas. Os noivos, enclausurados junto a seus pais num cantinho do bar previamente preparado por Zulmira, foram compridos pelo povo, que chegou da igreja soltando foguetes em algazarra, dispostos a encher a barriga de pão com carne moída, regado com cerveja e guaraná quentes. A esmagadora maioria não conseguiu entrar e se serviu lá fora mesmo, diretamente dos cestos de vime coloridos de vermelho, azul e amarelo, lotados de pão com carne moída, e dos engradados de birra e refrigerantes na temperatura ambiente, carregados no meio da multidão pelos parentes dos noivos.

A conversa paralela que vinha lá de fora era ensurdecedora e só perdia volume durante os prelúdios dos toques da sanfona do Zezinho, unicamente para se cientificar sobre qual seria a próxima música entoada por Maria Edite. Dentro do bar, porém, nos primeiros acordes do acordeão, todos fizeram o silêncio total, uns porque queriam ouvir a música, outros por serem obrigados pelos demais, não sem antes acordarem repreendidos ao toque de leves cotoveladas. Além disso, quase todos tinham conhecimento de que Zezinho era do tipo de gente que se aborrece com facilidade, e entre as suas exigências incluía-se aquela de ser ouvido enquanto tocava. Se a festa se tornasse bagunçada ou se com o adiantar das horas os bêbados começassem a se perder com falas altas, simplesmente Zezinho colocava a sanfona na caixa e ia embora sem falar nada. De fato, ele desempenhava magistralmente seu amado instrumento e era exigente e dramático, só topava tocar para quem fosse afinado. Por isso, ficou à vontade tocando para Maria Edite, com quem os presentes se encantaram, ouvindo sua bela voz de menina com apenas 9 anos de idade. Maria Edite, sentada em um banco alto ao lado do balcão, ciente de seu potencial e feliz por ter agradado a plateia, interpretou canções populares e sertanejas de sucesso, tocadas nas rádios de São Paulo e no alto-falante do clube de Faxinal.

Passada uma hora de festa no bar de Olavo, os noivos foram pedindo passagem para dar continuidade ao protocolo costumeiro, de acordo com a passagem das horas, pelo dia ou pelo andar do sol no céu. Ao saírem, foram recebidos por pelo menos quatrocentas pessoas que repetiram os gritos fervorosos entoados por Joca do Cartório, o festeiro indispensável para quem tinha a pretensão de realizar uma festa animada. O homem desengonçado, esperado por todos, gritou em alta voz:

— Vivam os noivos! Viva a noiva! Viva o noivo! Vivam os pais dos noivo! — Viva a festa! — E como sempre, certo da infalibilidade de sua trama, arrematou: — Viva eu!

Pelo menos cinco pessoas, por desatenção, responderam viva, acamados pelo silêncio da maioria pronta para eclodir numa saraivada de uivos e gargalhadas.

Os noivos montaram em seus cavalos e assumiram o estrelato da comitiva processional organizada e divertida rumo ao sítio.

— Ninguém passa na frente dos noivos, dá azar — clamou cantando Joca do Cartório, esganiçando sua voz de tenor, cujo esforço causou tremulações em seu bigode fino enrolado nas pontas.

Atrás dos noivos partiu a carroça dos pais, movida por quatro rodas de madeira soladas por ferro, seguida de outras carroças de quatro rodas e de charretes lotadas de senhoras, crianças pequenas e pessoas idosas. No meio, locomoveu-se a pé a grande massa, composta de homens, jovens e adolescentes, além dos moleques traquinas. Pelas laterais e no final, homens montados em seus cavalos levaram na garupa crianças ou suas mulheres. Zulmira subiu com Jazon e João da Luz na charrete de familiares da noiva, conforme combinara com ela dias antes. Olavo, por não se dar com cavalos e porque se demorou a fechar o bar na espera da saída do último convidado, foi a pé no meio da multidão, com Maria Edite e Helena, que o ajudaram na finalização dos festejos no bar. Maria Edite, apesar de se divertir por certo tempo andando no meio do povo, não demorou a se cansar. Olavo logo percebeu e a agraciou, colocando-a em seus ombros. Porém, solidária à amiga, em menos de dez minutos, pediu ao pai para descer para ficar ao lado dela.

"É proibido fazer silêncio", norma não escrita, contudo, muito mais eficaz que certos artigos, parágrafos, incisos e letras consignados em códigos, decretos e leis em vigor. Também não havia necessidade de ser anunciada para ser lembrada e cumprida, pelo simples fato de estar inculcada no instinto e na consciência do povo, disposição que sofrera reforço nas veias da maior parte dos homens, esquentadas com o álcool da cerveja quente e de graça. A cada duzentos metros, ouvia-se a saraivada dos foguetes, ora lançados por um, ora por outro, acompanhada da gritaria e dos "vivas" acalorados de Joca do Cartório, que propositadamente deixava escapar um viva inusitado.

Quando o sol deixou o aviso vermelho no horizonte, sugerindo que não voltaria no dia seguinte, segundo a previsão de Olavo, o povaréu chegou ao sítio do pai na noiva e foi logo recepcionado com uma rajada de foguetes a mando do pai do noivo. O foguetório do sítio se juntou aos fogos elevados pela procissão, cujo duelo durou aproximadamente cinco minutos. Ante o escarcéu provocado no céu, não sobrou um pássaro nas árvores por quilômetros na redondeza e nenhum pobre cachorro na propriedade. Os bichos fugiram assustados.

A multidão entrou apressada e atônita, se amontoou no local adrede preparado para a festa. Era um barracão estruturado com pilares e caibros rústicos de madeira, coberto com lona utilizada para bater café, revestido nas laterais em paliçada de folhas de palmeiras e de chão batido. Num canto da parte frontal, improvisou-se um bonito e artístico tapume, revestido no teto e nas laterais por folhas de palmeira trabalhadas, aberto na frente e nos fundos e contendo no centro uma mesa especial, toda enfeitada com flores, com a finalidade de acomodar os noivos.

Em mesas feitas com tábuas pregadas sobre tocos de árvores, dispostas nas laterais do barracão, acomodaram-se enormes tachos pretos abarrotados até a boca de macarrão, arroz cozido e frango cozido com molho de tomate. De dentro da casa, os irmãos da noiva trouxeram engradados de cerveja na temperatura ambiente, e a festa começou para alguns antes mesmo de entrarem no barracão. Era homem bebendo cerveja aos goles, gente fazendo montanha de comida nos pratos, sendo empurrado ou acotovelando na fila, criança derrubando comida no chão e cada um procurando um lugar para se alojar durante a refeição, sentando no chão, nos bancos arranjados, no quintal, no galho da árvore e em pé. A gana de alguns era tanta que não se podia afirmar com certeza que haviam comido qualquer pedaço de pão no bar do Olavo.

— Que festa boa de se ver — disse o noivo Anastácio, exibindo uma coxa de frango na mão.

— E tem mais comida e bebida lá dentro de casa, pra durar até a madrugada, — respondeu o pai da noiva com os dedos de pé de frango dentro da boca.

Com a pança cheia e sem qualquer anúncio, Ramiro sanfoneiro, acompanhado ao violão por Luizinho Perdido, ao atabaque Juvêncio

Carreté — músicos autodidatas da redondeza rural —, abriu o fole e soltou logo um arrasta-pé, arrancando gritos e assobios dos convidados, ansiosos por chegar logo o momento mais esperado da festa.

Quem foi acompanhado de seu par para a festa não perdeu tempo, e de acordo mútuo, enroscaram-se os braços e se atracaram para o meio do salão arejado de terra batida, afoitos para não perder a primeira dança. Outros continuaram se empanturrando com a bem temperada comida, às vezes espirrando arroz pelo canto da boca no afã de falar com a boca cheia. Houve quem não saísse de perto do balaio da cerveja, com os olhos revirando de contentamento. Um bom número de homens se sentou no chão para retirar a botina velha, obsoleta, esturricada a ponto de formar um arco na ponta dos pés.

— Eu não consigo dançar calçado — diziam aliviados.

Os rapazes descomprometidos, disfarçadamente, procuravam entre as moças alguma chance de aproximação para arriscar um convite para o baile. As viúvas e os longevos, sentados nos bancos de madeira montados em torno do barracão, observavam tudo com olhos atentos e velozes, ora sérios, ora desamarrados, falando alto e dando gargalhadas.

Os olhos de quem via de fora não enxergavam dúvida no dobro de agilidade desenvolvida pelos pés descalços e calejados dos roceiros que se aventuravam nas danças de sua cultura. Aquelas solas avermelhadas se protegiam por uma dura camada de couro duro, desenvolvida por calos surgidos desde os primeiros anos de trabalho, ainda quando crianças. Sentiam-se livres no bailado com os pés no chão, emancipados de qualquer outro tipo de preconceito, ingênuos, por muitas vezes, não se atentavam para qual direção a dança girava, causando esbarrões e pisões. Os enervados acabavam se incomodando, mas não havia como parar o peso e o fervo da massa dançante. Já os desejosos pelo divertimento se desviavam brincando, enquanto a poeira se levantava desassossegada.

Anunciada a segunda pausa de meia hora para os músicos descansarem, o pai da noiva mandou encher de comida os tachos vazios e o povo dançante novamente se agitou em torno das mesas, para renovar as energias das pernas. Dessa vez deliciaram-se ao sabor da canja de arroz com frango e do quentão de cachaça do alambique, o gengibre armazenado em duas leiteiras de dez litros.

O baile retornou mais intenso que no início, porque, ao contrário do que se esperava, outras pessoas se encorajaram a se assomar ao vultoso grupo dançante. Maria Edite e Helena também já haviam dançado com os meninos de suas idades e só queriam se divertir e dar muitas risadas. Os meninos chegavam onde elas estavam e perguntavam:

— Dona Zulmira, eu posso dançar com a Editinha?

E outro:

— E eu? Posso dançar com a Helena?

Os meninos do sítio nem chegavam perto das duas, exageradamente tímidos, ainda mais porque precisavam falar com Zulmira. Helena ficou muito feliz nesse dia, porque teve a oportunidade de diversas vezes dançar com Tarcísio, seu amor do mundo das ideias.

— Maria Edite, vamos dançar mais uma vez? — pediu Salatiel, um menino de 14 anos com retardo no crescimento.

O adolescente, toda a noite, esgueirava-se pelo salão à procura das meninas de 9 a 10 anos, proporcionais ao seu tamanho, com o fito de convidá-las para dançar. Maria Edite aceitou, respaldada pela mãe, que dera permissão em momentos anteriores, a despeito de mostrar-se contrariada com o jeito fatigante do menino, acumulado ao cheiro de cebola que emanava de sua pele.

Entre o fim da música e o início da outra, Maria Edite, para escapar do grude enfadonho, infiltrou-se articulada no meio da multidão, gratificada por um segundo de descuido do par indesejado. Da cozinha da casa, onde entrou feito um raio, Maria Edite e Helena riram de quase perder o fôlego, observando Salatiel a procurar sem entender o que acontecera. As duas, propositadamente, utilizaram idêntica artimanha por diversas vezes para fugirem de pares desagradáveis durante o baile.

Pela três da manhã, Maria Edite disse a Helena:

— Estou muito feliz. — Apontou para Olavo e Zulmira, que dançavam alegres. — Se você soubesse o quanto eu rezei para que eles voltassem a viver juntos. — Emocionou-se: — Eu faria tudo novamente. Eu os amo muito. Não posso imaginá-los sofrendo, separados.

— Isso não vai acontecer mais, Maria Edite! Fique tranquila. — Helena abraçou a amiga com ternura.

Do meio do terreiro iluminado com diversos lampiões, Maria Edite se incomodou com a monotonia da música tocada por Ramiro sanfoneiro. Entrou novamente no salão e notou que o músico não dava mais o compasso rítmico com os pés, que seus dedos não saíam do acorde sol nos baixos da sanfona, que nem encostava um dedo sequer nas teclas das notas, que o fole abria e fechava em curto espaço na medida de sua respiração, na simples execução de um arrasta-pé, tocado pela quinta vez na noite.

— Tem alguma coisa errada, Helena. O Seu Ramiro deve estar dormindo.

— Eu também acho, Maria Edite — sorriu Helena, colocando a mão na boca. — Você não vai aprontar com o homem?

— Vamos — Maria Edite puxou a amiga pelo braço.

Ao passarem por Ramiro, que respirava fundo embaixo do chapéu de aba larga, Maria Edite pisou no pé direito descalço do sanfoneiro, que assustado levantou a cabeça rapidamente para não ser descoberto em seu sono. Acordado e sorridente, voltou a tocar naturalmente.

Pelo resto da madrugada, a festa transcorreu normalmente, exceto por ameaças de desentendimento entre aqueles que exageraram no quentão e na cerveja, contudo sem efetivas vias de fato.

Os primeiros raios do sol clarearam o leste, contrariando a previsão de Olavo e decretando o fim dos gloriosos festejos. A luz do dia enfatizou a mancha proveniente da junção de suor e pó vermelho entranhada na cintura do vestido das moças onde os rapazes posicionaram as mãos para dançar, bem como no ombro dos rapazes, onde as moças apoiaram as suas durante o bailado. O povo sonolento voltou para casa em pequenos grupos, falando baixo, almejantes pelo repouso merecido, ilustrado por sonhos repletos de felicidade e satisfação.

Vinte três

Manter-se firme a contragosto da força irracional da natureza, em certos casos, converte-se em comportamento digno de elogios; em outros, porém, em atitude de covardia. O universo ético, expandido durante a existência, é o único experto capaz de orientar a decisão a ser tomada, pensada antes nos degraus do raciocínio ou nos atropelos da impetuosidade. Adiantada a longa caminhada pela vida, questionamentos fustigam a desejada paz e o condigno descanso do trêmulo caminhante: "Se eu não tivesse visto", "Se ele não estivesse naquele lugar e naquela hora", "Se ela se atrasasse pelo menos por dois minutos". Contudo, nem sempre é o acaso que fundamenta um evento futuro, mas preponderantemente a decisão eleita diante da eventualidade.

Foi assim que, no início de junho de 1955, Zulmira, varrendo a calçada da frente do bar, viu Hidelbrando passar montado, vestido com capa de chuva marrom que cobria quase todo o cavalo, e na cabeça chapéu de abas largas, também marrom. Ele acenou com a mão esquerda, fixando nela seus olhos intensos de paixão (da forma que ela os viu) ou ébrios pelo fogo do desejo (da forma que ele os lançou). Hidelbrando seguiu adiante, sem dar brechas para qualquer reação de ambos, sequer olhou para trás. Aqueles sedutores olhos verdes derreteram Zulmira como o calor derrete uma vela. De modo igual, voltou a correr perigo a base cérea, pastosa e débil na qual Zulmira se esforçava para manter o propósito gelatinoso de viver até a morte ao lado do marido a quem não amava, bem como o de continuar responsável pela criação e educação dos filhos de um casamento arranjado por seu pai contra sua real vontade.

No final da tarde daquele dia, o vento frio do inverno surrou as paredes de madeira da casa sem trégua, valorando sua natureza livre e determinada em atingir toda a concretude transponível. À vista disso, com brutalidade empenhava-se em atravessar as escassas e cingidas fissuras nas tábuas ou nas janelas dos quartos da casa. Suas investidas incansáveis resultavam em assobios agudos, ora prolongados ora curtos, não obstante rompidos abruptamente, como se quisessem dar o sentido de "tentei, mas não consegui". Antes de se deitarem, Maria Edite e seus irmãos se vestiram com mais roupas, calçaram meia de lã, colocaram touca na cabeça e se afundaram nos seus colchões de palha, esmagados por cobertas e acolchoados pesados.

Pela manhã, Olavo acordou Maria Edite perto das sete horas e deixou Jazon e João da Luz dormindo um pouco mais, em razão do frio e do tempo fechado com neblina.

— Editinha, papai fez um café bem quentinho. Vamos levantar? — disse em volume baixo para não acordar os meninos.

— Mas está tão cedo e tão frio — reclamou Maria Edite, colocando os braços para fora das cobertas.

— Preciso conversar com você, querida. É urgente. — Olavo arregalou os olhos, fazendo carinho no rosto da filha e continuou: — Espero você na cozinha.

Maria Edite, conhecedora das surpresas agradáveis do pai, lavou o rosto, açodada ante o contato com a água gelada, escovou os dentes e reforçou os agasalhados. Chegou à cozinha e encontrou Olavo sentando na cadeira da ponta da mesa, com os olhos avermelhados. Perguntou instintivamente:

— Onde está a mamãe?

— Ela nos abandonou novamente — Olavo respondeu, trêmulo.

— Mas ela falou isso para o senhor, papai?

— Não precisou. As roupas dela não estão mais no quarto, filha.

Maria Edite seguiu afobada para o quarto e conferiu com as próprias mãos a concretude da verdade dita por Olavo. Sentou-se na cama e estarreceu-se, agarrada a um vestido deixado por Zulmira e chorando desesperada. Voltou para a cozinha e abraçou-se ao pai, buscando mútuo consolo.

— Minha filha, eu fiz coisas impossíveis comigo mesmo, a fim de evitar ver você chorando mais uma vez pela mesma causa. Mas falhei comigo, com sua mãe e agora com você.

Foram cinco dias encobertos pelo manto da solidão, que arrefeceu de forma desoladora o sentimento de tristeza nos sobreviventes daquela casa, chorosos diante da realidade do desamparo.

Jovelina, madrinha de João da Luz, viúva há pouco mais de um mês, em decorrência do assassinato de seu marido por arma branca, grávida de sete meses e desprovida de parentes na região, condoída com a situação triste pela qual passavam as crianças de Zulmira e em busca de segurança em seu estado gravídico, entrou em acordo com Olavo para ajudar o compadre até o nascimento do filho. Assim também poderia colaborar no cuidado e na atenção a seu afilhado, Maria Edite e Jazon.

No sexto dia após o sumiço de Zulmira, à noite, todos, inclusive Jovelina, em silêncio rodeavam o fogão de lenha aceso, no aguardo do ponto de cozimento dos pinhões espalhados sobre a chapa quente. Ninguém arriscava uma piada, uma brincadeira, uma historinha que fosse. Apenas olhavam para a chapa e o fogo, com os braços cruzados, quase em estado de êxtase ante a sensação de aquecimento do ambiente que contrastava com a temperatura externa próxima de dois graus negativos. Num instante, foram levados a despertar por três batidas tímidas na porta da cozinha. Jovelina adiantou-se e abriu a porta.

— Santo Deus, é a comadre Zulmira — gritou, aturdida.

— Fecha essa porta! Não quero essa vagabunda entrando nesta casa — vociferou Olavo com ódio nos olhos.

— Não, papai — interveio Maria Edite, chorando. — Pelo amor de Deus! É a minha mãe. Ela não pode ficar lá fora nesse frio — intercedeu pela mãe, vendo seus pés inchados e expostos.

Zulmira, depois que vira Hidelbrando sobre o cavalo na frente do bar, entendera que ele havia lhe dado um recado para um possível reatamento amoroso, e buscando todos os meios possíveis de informação, descobriu que ele vivia na casa de sua irmã mais velha num povoado vizinho, chamado Rio Branco. Para lá se dirigiu por mais de quarenta quilômetros de estrada rústica de terra e pedras. Caminho percorrido em grande parte a pé, tanto que seus pés incharam e se machucaram, com bolhas e feridas generalizadas pelas solas e pelos dedos.

Decepcionou-se. Todo o seu esforço se resumiu em desapiedado risco e resultou em cruel tempo perdido, percebido tão logo chegou à casa da irmã de Hidelbrando, onde foi recebida com insultos deprimentes, somados ao fato de não o ter encontrado. Tudo indicava que ele não queria ser encontrado lá, mesmo porque nem havia passado por sua cabeça que Zulmira teria tal coragem. O que pretendia Hidelbrando quando passou a cavalo na frente do bar era um aceno para que ela o encontrasse no mesmo lugar de sempre. Seria mais uma oportunidade de ficarem a sós, juntos por alguns momentos apenas. Mais uma aventura passageira, apenas para não deixar em branco sua passagem pela cidade. A troca de olhares naquele dia não atendera aos princípios de uma boa comunicação e Zulmira se deu mal em decorrência de sua impetuosidade e da interpretação febril. Agora estava ali, diante da porta, no impasse de ser ou não novamente recebida pelo marido a quem não amava, todavia se apoiava na segurança de outra chance porque ele sim a amava.

— Perdoe-me. Eu reconheço que errei — suplicou Zulmira a Olavo.

— Perdoar o quê? Como você pode pedir perdão? Você é doida, mulher! Olha o que está fazendo com seus filhos — Olavo gritou, irritado, apontando para Maria Edite, abraçada com Jazon e João da Luz, que choravam amedrontados.

— Zulmira, por favor! Tenha respeito por si mesma. Vá embora e nunca mais volte — insistiu Olavo, não demonstrando qualquer intenção de acolhê-la, apesar do frio intenso lá fora.

— Papai, não fale assim. Olhe o estado dela. Ela está sofrendo e com muita fome. Deixe-a ficar com a gente?! — redarguiu Maria Edite, pegando nas mãos do pai.

Olavo não pôde esconder a emoção, compadecido pelo sentimento palpável e puro da filha, que parecia ver nele o único anjo capaz de salvar sua mãe. De frente para a porta fulminou Zulmira com o olhar, como que se quisesse esganá-la. Voltou seu olhar para Maria Edite com ternura:

— Está certo, querida. Sua mãe entra e eu saio.

— Não! Eu não quero que o Senhor saia, eu quero os dois juntos. Fica, papai — desesperou-se ainda mais Maria Edite.

Olavo desconcertou-se. Precisava tomar uma atitude severa contra Zulmira, porém não suportava mais ver os sofrimentos dos filhos, presenciando aquela cena deplorável.

— Está bem, Maria Edite. O pai vai desenrolar um colchão e estendê-lo no bar para passar a noite. Eu não vou deixar vocês.

— Mas eu não quero que o Senhor durma longe da gente.

— Aí você está pedindo demais. Entenda um pouquinho a situação de seu pai, querida. — Depois, voltando-se para Zulmira, determinou derrotado: — Entre, então.

Jovelina adicionou sal na água aquecida na chapa do fogão de lenha e a despejou na bacia onde Zulmira, sentada em uma cadeira, colocou seus pés castigados. Pediu água para beber e comeu pinhão assado na chapa como se fosse a última iguaria existente no mundo.

Maria Edite, abraçada com a mãe, chorou comovida ao ver seu pai se locomover em direção ao bar cabisbaixo, carregando nas costas o colchão de palha enrolado e entre o braço esquerdo e as costelas, o travesseiro e as cobertas.

Decorridos mais de trinta dias do retorno de Zulmira, Olavo ainda não havia colocado os pés para dentro de casa. Zulmira, por cautela, também não colocara os seus para dentro do bar. Nem mesmo para se alimentar Olavo passava da porta do bar para o interior da residência. Jovelina era quem lhe levava as refeições, quando ele não se alimentava de seus famosos sanduíches. Para Maria Edite, a situação levada dessa maneira era melhor do que o dissabor de ter os pais separados, apesar de nunca se acomodar, à espera de convergência fortuita ou prodigiosa.

Na cozinha:

— Mamãe, vai conversar com o papai no bar. Quem sabe o encontra num dia de paz interior e ele volta a viver com a senhora.

— Não se intrometa, Maria Edite. Quando ele quiser, e se quiser, ele poderá me procurar. Afinal, eu não voltei? — irritou-se Zulmira, areando suas panelas de alumínio.

No bar:

— Papai, a mamãe disse que, quando o senhor quiser, pode procurá-la. Por que não vai lá dentro de casa e conversa com ela?

— Meu coração está muito apertado, filha. Não consegui ainda perdoá-la — Olavo confessou, limpando o balcão e preparando um lanche para ser servido a um freguês.

— O senhor sente que ainda pode perdoá-la?

— Talvez — Olavo naquele momento tinha dúvidas, mas respondeu assim para dar um alento à filha.

Ante a insistência da menina, e porque indubitavelmente, apesar de não admitir, nutria amor apaixonado pela esposa, solicitou ao seu amigo José Simão, delegado da cidade, que investigasse, de forma velada, cada passo de Zulmira nas ruas e espaços abertos ou em qualquer recôndito do povoado de Faxinal.

José Simão, por amizade, acolheu o pedido e o cumpriu diariamente por três semanas consecutivas. Na metade da quarta semana procurou Olavo para dizer-lhe que nada encontrara de suspeito.

— Compadre Olavo, "cê" tá imaginando coisas? — franziu as sobrancelhas brancas, fechando o olho direito e afundando o bigode cerrado no nariz adunco. Continuou: — Comadre Zulmira teve apenas um instante de loucura ao sair de casa e ir até Rio Branco. A loucura é facilmente comprovada pelo fato de ter ido a pé. — Colocou as duas mãos na cintura, visando a se esticar, deixando a mostra seu novíssimo Colt 357.

— Você conseguiu investigar? — perguntou Olavo.

— Faz mais de três semanas, sem falhar um dia. Não há qualquer atitude suspeita. — Apontando o dedo indicador em movimento para cima e para baixo, José Simão aconselhou, olhando Olavo por cima, ante sua elevada estatura: — Se você tem alguma desconfiança dela deixe disso, compadre. As crianças precisam de uma boa convivência entre os pais.

— Obrigado, Zé. Vou pensar sobre o que você me disse.

Olavo estendeu a mão ao amigo e voltou para casa com o espírito balançado.

Vinte e quatro

Antes do início da primavera, as flores do ipê amarelo desabrocharam com extrema benevolência naquele ano, tanto nas árvores incrustradas nas matas como naquelas plantadas no fundo do quintal. As flores se apresentaram viçosas, para em menos de quinze dias abandonarem os galhos e as folhas verdes, tão comuns como qualquer outro da mata atlântica. A partir disso, as flores ansiosas nos bastidores sabiam que faltava pouco para surgirem apoteoticamente nos palcos da natureza. Quando eclodiram em cores nas copas das árvores, nos pontos baixos do chão e nos jardins das casas, trouxeram consigo a primavera.

Dentro de casa, Maria Edite, cantarolando "O Xote das Meninas", de Luiz Gonzaga, colocou num vistoso vaso de porcelana rosa-claro com água fresca as rosas vermelhas retiradas do buquê que Zulmira ganhara de Olavo na noite anterior. Olhou pela janela e sorriu aprazada diante da perspectiva graciosa das hortênsias azuis, ainda molhadas pelo orvalho da madrugada, divididas entre a sombra da casa e a claridade do sol, cujos raios davam um brilho especial nas gotículas remanescentes. Respirou o ar puro soprado das matas e se contentou, feliz pela partida do inverno, assim como dos calafrios gélidos imprimidos pelas desavenças de seus pais.

Zulmira, dentro do quarto, toda maquiada, admirou o novo corte de tecido que ganhara de Olavo na noite anterior, antes de saírem juntos para assistirem a um filme no cinema da cidade. Suspirou aliviada e certa de que esta era a vida pela qual apostaria todos os esforços para ser bem vivida.

Olavo, com um pano de prato nos ombros, sorriu, olhando para o sol que adentrava pelas portas do bar. Viu-se feliz e entendeu que tomara a decisão correta ao dar mais uma chance para si mesmo, muito mais que dá-la a Zulmira. Viu-se feliz porque propiciou felicidade e segurança aos filhos. Viu-se feliz por ter dado uma resposta concreta e producente aos pedidos de Maria Edite. Viu-se feliz por presumir patente revigoramento no casamento com Zulmira, agregado ao momento mais próspero de sua vida profissional, já que o bar lhe proporcionava a toque de caixa lucros nunca vistos antes. Saiu por uma das portas da frente do bar e sentiu necessidade de agradecer a um ser superior por tudo, inclusive pela natureza, que naquele momento parecia estar dentro dele, infundindo beleza em sua felicidade: a claridade do sol, o céu azul, as flores das árvores.

A primavera manteve-se firme em seus propósitos, acompanhada pela afincada e despretensiosa colaboração do colorido variado dos pássaros e dos imensuráveis insetos, especialmente as abelhas, os beija-flores e as borboletas, aplicados e incansáveis trabalhadores em prol da vida, que incessantemente flutuam pelos ares, transferindo pólen das anteras para o estigma das flores. Quanto às flores ornamentais naturais da região, não expunham vasta diversidade. O verde? Este sim. Predominante, assumia variações de tonalidades cada vez mais vivas.

A retomada da vida em comum de Olavo e Zulmira também consistiu numa linda primavera, talvez mais florida que a estação brasileira. O verde da vida em família, também variegado de esperanças profusas, assumiu as tonalidades multíplices das florestas dominantes, nativas naquelas terras avermelhadas compreendidas em estreita faixa do território norte paranaense.

Maria Edite queria acreditar na solidez que experimentava naqueles maravilhosos meses de primavera, mas, no fundo do coração, sentia seus pés oscilantes pisando sobre o banhado pérfido das incertezas. Em vista disso, direcionava todas as suas energias positivas em benefício da estabilidade da união dos pais, rezando da maneira como aprendera com a vó Dora. Não descuidou em manter a amizade com Helena e iniciou outras relações amistosas, de forma especial com a vizinha Arilda, por estudarem na mesma sala de aula. As três se tornaram próximas e finalizaram o terceiro ano escolar com boas notas.

Olavo, resguardado pela estabilidade financeira, adquiriu imóveis na região central da cidade e depositou dinheiro no banco. Zulmira, desprovida de ganâncias de bens e riqueza, contentava-se simplesmente com o prazer se vestir bem e ter para si a maior variação possível de cosméticos e perfumarias. Esse era o poder esperado por ela ante a situação financeira favorável.

Maria Edite, Jazon e João da Luz recebiam constantes convites para brincar na casa de colegas de escola. Da mesma forma convidavam-nos para se divertirem em sua casa, com os brinquedos vastos e diferentes presenteados pelo pai.

O casal Olavo e Zulmira, cada vez mais requisitado para dar o ar da graça nos meios sociais, não negava os convites e comparecia a todos os eventos exibindo elegância e simpatia.

A primavera passa. As estações passam. A vida passa pelas estações e estas passam por sobre os túmulos. De forma tênue e quase desapercebida, assim como o marco divisor entre o vermelho e o laranja do pôr do sol, a primavera cedeu seu espaço ao verão, cujas temperaturas se elevaram intermitentemente até se manterem altas. As flores mirraram e o clima ameno não se manteve na vida do casal, atormentado pelos calores libertinos de Olavo e pelos fulgores eróticos de Zulmira.

Esperar certas mudanças de comportamento, às vezes, equipara-se a acreditar inflexivelmente em realidades absurdas de sonhos. Olavo voltou, apesar de amar Zulmira, a promover encontros casuais com aquelas mulheres com as quais se relacionou durante o período da primeira separação conjugal, e, insaciável pela compulsão sexual, implementou novas conquistas, agindo com todo o cuidado para não deixar rastros ou despertar suspeitas pelo caminho. Ledo engano. Zulmira, além de mulher madura, calejada e doutora no caráter do esposo, também se alongara na experiência com os homens. Conhecia de longe os trejeitos de Olavo após o cometimento de algo fora dos trilhos. Bastou a ela uma ou duas vezes sentir o odor diferente nas vestes do marido para não só desconfiar, mas ter certeza daquilo que vinha fazendo às escondidas. Mesmo de posse de seus deslizes, nada falou, nada comentou e continuou vivendo habitualmente com ele.

O ipê-amarelo quando floresce é portentoso. Deixa-se ser visto para admiração no período de menos de quinze dias. Então as flores caem, são varridas pelo vento, ainda amarelas, por fim, fenecem secas e desaparecem. A árvore aguarda tranquila pelo próximo ano, para novamente florir majestosa. Surpreendente foi o desejo de Zulmira em manter-se firme na posição de esteio da família. Desejo que caiu por terra em pouco tempo e começou a secar rapidamente, a partir de seu modo de pensar a vida: ser livre para se apaixonar e amar quem ela quisesse, sem interferência de quem quer que fosse, dos pais, da família, da sociedade e do marido, ser mulher separada do marido sem burburinhos na cidade.

— Qual é o problema? Ninguém tem nada a ver com minha vida.

Ser livre para viajar, sem se sentir presa por marido e filhos. Concluiu que precisava, de uma vez por todas, pôr um fim àquela situação hipócrita que se obrigara a aceitar, imposta desde o início. Não podia mais desgastar sua juventude acorrentada a conceitos morais impostos pela sociedade:

— Viverei obediente aos meus próprios desejos. Basta.

Foram esses pensamentos e desejos que Zulmira confidenciou a sua nova amiga Leica, que por sua vez confessou a Zulmira comungar com todos eles e acrescentou tantos outros mais. Alicerçadas nisso, tornaram-se íntimas, combinando encontros contumazes para o café das três, ora na casa de Zulmira, ora na casa de Leica, ora no centro da cidade.

Vinte e cinco

Dia quente, temperatura por volta dos trinta graus logo pela manhã daquela quarta-feira de meados de dezembro. Zulmira abanou o leque de estampa floral para espantar os mosquitos lambe-olhos, bebeu um gole de café fresco, acendeu o cigarro num graveto em chamas, puxou uma longa tragada de fumaça e instigou a confirmação de Leica, que olhou pela janela envolta na fumaça expelida de seus pulmões.

— Então está combinado? — insistiu Zulmira.

— Tudo bem. Eu aviso os rapazes — confirmou Leica, suada na testa. Leica despediu-se para fazer o quanto antes aquilo que tinha que fazer, enquanto Zulmira comunicou a Olavo do passeio ajustado com a amiga para a parte da tarde. Para tranquilizá-lo, acrescentou que levaria junto as crianças e a empregada doméstica Antonia.

Com a partida de Jovelina para a casa de seus pais após o parto bem-sucedido de seu primeiro filho, Olavo quis deixar Zulmira menos preocupada com os afazeres domésticos, contratando Antonia para ajudá-la. Antonia, uma moça simplória vinda da região rural, evangélica da Igreja Pentecostal de Faxinal, não escolhia tipo, dificuldade ou tamanho do serviço. Fazia tudo o que lhe era proposto sem reclamar. Colaborava tanto no asseio da casa e nos cuidados com o quintal, como no preparo da alimentação para o serviço de restaurante.

Pelas três da tarde, embaixo do sol escaldante, saíram sob a proteção de sombrinhas Zulmira, Leica, Antonia e Maria Edite. Os meninos Jazon e João da Luz, sempre na frente do grupo, corriam de um lado a outro da estrada, abrigados apenas por bonés tricolores iguais, cujas cores verde, vermelho e azul se uniam no cocuruto com um botão preto pregado no centro. Atravessaram a cidade e se embrenharam na estrada rural ao norte da cidade. Não demorou muito e fecharam as sombrinhas, acariciadas pelo sombreado proporcionado pela mata virgem, formada por abundante variedade de espécies de árvores, cujos troncos permeavam sem trégua as beiradas da rota bucólica traçada por machado e foice, causando ao caminhante a impressão de passar por um túnel verde, fechado de tal espessura a ponto de raramente dar a abertura para a entrada dos raios do sol.

A pouco mais de mil metros caminho adentro na floresta, duas peças de taquara rachadas ao meio, medindo aproximadamente um metro de comprimento, atravessaram em rodopio a estrada na dianteira do grupo. Maria Edite soltou um grito instintivo de espanto e se refugiou no meio das mulheres adultas, que, ao contrário da menina, encararam com naturalidade o ocorrido.

— Credo, mamãe! O que é isso? — indagou Maria Edite.

— Nada que tenhamos que nos preocupar! São dois pedaços de taquara que caíram em nossa frente, apenas. Deixa de ser medrosa, menina — respondeu Zulmira, emendando a bronca aos meninos ao vê-los correndo em direção aos gravetos: — Deixem isso aí!

Os meninos obedeceram à mãe e todos seguiram em frente, normalmente, até passarem pela curva próxima.

— Meu Deus, Zulmira! Perdi minha correntinha de ouro — Leica disse, espantada, arregalando seus belos olhos verdes.

— Você acha que a perdeu no caminho? — perguntou Zulmira.

— Acho, não! Tenho absoluta certeza. Saí de casa e ela estava no meu pescoço — Leica enxugou as gotas de suor que se formavam entre os seus lábios cheios e o nariz fino.

— Então temos que voltar para procurá-la — argumentou Zulmira.

— Acho que não vamos mais encontrá-la Tanta gente já passou por aqui. Seria impossível não a terem visto — sentenciou Maria Edite, esbanjando certeza.

— Não. A correntinha também pode ter caído e ninguém viu — ponderou Leica, ruborizando sua pele sedosa de jovem de 20 anos.

— Então vamos voltar e procurar — sugestionou Maria Edite.

— Voltaremos somente Leica e eu. Vocês podem continuar que logo os alcançaremos — decidiu Zulmira, pondo um ponto final na acelerada astúcia da filha.

Assim se fez. Ninguém mais questionou. Contudo, passada quase uma hora, Zulmira e Leica ainda não haviam se juntado ao grupo, que, embora devagar, distava-se em muito das duas, tanto que resolveram parar próximos a um pé de cedro para esperar. Foi então que Maria Edite, cheia de inseguranças com relação à mãe, perguntou a Antonia:

— O que significam aquelas duas taquaras lançadas lá atrás?

— Não posso explicar a você, Maria Edite. É muito nova para entender.

Antes que Maria Edite insistisse, Zulmira e Leica apontaram no início da curva, e de longe chamaram o grupo para voltar para casa.

— Vamos ver quem chega primeiro até elas? — Jazon lançou o desafio, iniciando a corrida.

João da Luz partiu em disparada, seguido por Antonia e Maria Edite. Maria Edite ultrapassou Antonia, que havia deixado João da Luz para trás. Com um pouco mais de esforço, viu pelas costas Jazon, que, inconformado com a derrota, parou de correr.

— Achei a correntinha — Leica expôs a joia pendurada entre os dedos.

— Mas vocês demoraram muito — exclamou Maria Edite, esbaforida.

— Tivemos que voltar quase até o início da estrada sombreada. Foi necessário muito esforço — Zulmira tentou se explicar e piscou para Leica.

João da Luz enfim chegou até o grupo reunido e abraçou a mãe com carinho. Zulmira colocou o menino no colo para que desfrutasse de um breve descanso e em seguida o levou pela mão no caminho de volta para casa. Em contrapartida, Jazon ficou atrás do grupo e seguiu sozinho, emburrado, renitente com decepção pela derrota na corrida.

Maria Edite perseverou no silêncio durante toda a caminhada de volta, absorta nas lembranças do cenário de poucas horas atrás, arreliada pela realidade na qual aquilo poderia se transformar futuramente.

Em casa, na primeira oportunidade que se apresentou ao se encontrar a sós com Antonia, não se apoquentou em dar início a um interrogatório próprio de criança que quer compreender as coisas que acontecem no mundo adulto.

— Antonia, lá na estrada eu não quis insistir, porque fomos interrompidas com a chegada de mamãe e da Leica, mas agora eu preciso saber. Preciso que você me explique o que eram aquelas duas taquaras que foram arremessadas a nossa frente?

— Ai, Maria Edite. Você é muito criança para entender — impacientou-se Antonia, com os braços morenos esticados para o chão.

— Minha mãe jamais me explicará. Se você não quiser me falar, então perguntarei para meu pai — Maria Edite jogou, impulsionada pela intuição de sua cisma.

— Não, é melhor não. Pode dar confusão — Antonia esticou seus olhos pretos amendoados para a porta dos fundos do bar.

— Agora sim você vai ter que me falar. Por que vai dar confusão? — Maria Edite parou incisiva na frente de Antonia.

— Está bem, então! Mas você não pode contar para o Seu Olavo nem falar para a Dona Zulmira o que falarei. Você promete?

— Sim — respondeu Maria Edite, empolgada.

— Sua mãe tem um namorado que não é seu pai. Foi ele quem jogou as taquaras na estrada, para marcar o lugar onde Dona Zulmira e a Leica deveriam entrar para namorarem no meio do mato.

Maria Edite, ao ouvir aquelas palavras, sentiu o repouso do silêncio em seus ouvidos, a densidade da escuridão em seus olhos, o vigor da morbidez em sua pele, a falência copiosa dos odores e o sabor ditatorial do amargor.

— Mas é o papai o namorado dela — Maria Edite disse, enfurecida, retornando do transe momentâneo e mirando o nada.

— Eu sabia que você não entenderia — concluiu Antonia, juntando seus cabelos pretos e compridos para o lado esquerdo do pescoço.

— É lógico que entendi — Maria Edite repreendeu Antonia apenas com o olhar e perguntou: — Quem é esse homem?

— Está bem, criatura! Já que comecei, agora vou até o fim! É o José Amadeu!

Maria Edite ficou ainda mais atônita. Era o mesmo José Amadeu que um dia brincou ser seu namorado, e que de vez em quando ainda vinha a sua casa para escutar músicas na vitrola. Irritou-se com o caráter ardiloso do rapaz, apresentando-se bonachão, respeitável homem casado, agora revelado num tremendo velhaco com relação a toda a família, principalmente com seu pai. "Merece levar uma baita de uma surra do papai. Sem-vergonha", pensou Maria Edite, irada. Não se conformou, porque a verdade era que ninguém poderia suspeitar do vizinho, casado há mais de anos com uma mulher linda com a qual já tinha dois filhos e a quem apregoava por todos os cantos amar e respeitar até a morte.

— Ele namora as duas? Mamãe e Leica? — indagou Maria Edite, querendo entender.

— Não, menina. Cada uma tem seu namorado. Você não viu que foram duas as taquaras atiradas?

— Que jeito que é esse namoro?

— Ai, meu Deus. Mandai vossa luz sobre mim, Senhor — Antonia suplicou a Deus e colocou as mãos sobre a cabeça, erguendo os olhos e as sobrancelhas cerradas para o céu.

Maria Edite, que acompanhara Antonia em diversas ocasiões nos cultos de sua igreja, achou graça na maneira que a moça reagiu e permaneceu na expectativa na resposta de sua pergunta.

Antonia pensou e repensou como falar didaticamente sobre o assunto melindroso também para ela, do qual se inteirara a partir de conversas veladas com suas amigas mais íntimas da igreja. Vendo que não levava jeito como professora, entornou sobre Maria Edite seu conhecimento prático acerca de carinhos e carícias e teórico sobre relações sexuais, inclusive utilizando-se de gestos e palavras torpes, algumas até conhecidas pela pupila temporária, mas não compreendidas por ela até então.

— São essas coisas que minha mãe faz com meu pai? E agora as fez com o José Amadeu? — escandalizou-se.

Antonia apenas balançou a cabeça para cima e para baixo, apertando os lábios contra o outro.

— Pobre do papai. Ainda recebe com simpatia aqui em casa aquele sem-vergonha do José Amadeu — indignou-se Maria Edite.

Maria Edite demorou a dormir naquele dia, pensando em tudo o que fora revelado por Antonia. Era intrigante e exótica a novidade revolucionária aportada toda de uma vez em seu universo ingênuo. Nunca passaram por sua infante cabeça as formas íntimas de demonstrar afeto praticadas pelos adultos em seus relacionamentos amorosos ou casos eventuais e apaixonados, ou ainda para satisfação pura e simples dos desejos sensuais. Ela presenciara, incontáveis vezes, seus pais se abraçarem e se beijarem. Vira frequentemente Olavo dispensar a Zulmira afagos carinhosos, cafunés gratuitos e mimos aficionados.

Via-se perdida na confusão de suas ideias e conclusões: se o beijo na boca dado por sua mãe em Hidelbrando, flagrado há poucos mais de três anos, lacerara sua concepção do amor fiel entre pais, as revelações que acabara de se apropriar desabaram o céu moral infantil aparentemente sólido, imbricando em elevado grau o caminho paulatino do conhecimento, por intermédio de informações gotejadas de clareza e consistência. Não lhe restavam dúvidas de que não poderia, de forma alguma, delatar ao seu pai o fato ocorrido na mata, pois, se assim o fizesse, a separação novamente seria inequívoca. Decidiu, diante disso, apinhar tudo dentro de seu coração, mesmo que isso lhe causasse dor. Porém, concordou consigo mesma que não faria vistas grossas se sua mãe tentasse utilizá-la outra vez como álibi para a blindagem de suas dissimulações.

Vinte e seis

Dias depois, Zulmira chamou Maria Edite para acompanhá-la até o sítio dos Rufinos, sob a alegação de ter sido convidada pela Dona Maria, esposa do Zé Rufino, para colaborar na feitura de pamonha. Maria Edite, apesar de hesitante por saber que o caminho que levava aos Rufinos era aquele da estrada sombreada pela mata, demonstrou felicidade, porque fazer pamonha, além de ser trabalho divertido, significava comer a iguaria de milho mais apreciada ao seu paladar. Zulmira convidou Maria Edite somente porque Antonia se negara, argumentando obrigação de ir ao culto de sua igreja e porque Leica tinha viajado para visitar parentes em Londrina. Ocorre que Zulmira, ante as últimas atitudes e falas de Maria Edite, alimentava certa desconfiança de que a menina de algum modo tinha plenas condições de compreender as verdades escondidas atrás de suas ações furtivas. Enfim, como não encontrou outra saída, arriscou-se para ver no que resultaria.

— Editinha, você vai ficar aqui no mato escondida até eu voltar — disse Zulmira, no mesmo local da estrada marcado pelas taquaras da vez anterior.

— Não, mamãe. Desta vez, não — respondeu Maria Edite com firmeza, apesar do respeito e do medo que sentia da mãe.

— Como não? — Zulmira colocou as mãos na cintura e fumegou com o olhar a filha determinada, parada à sua frente.

— Eu não acredito que a Senhora vai fazer todas essas coisas erradas novamente. O coitado do papai está lá no bar trabalhando e a senhora vai traí-lo dessa forma? — Maria Edite não se intimidou com a sisudez de Zulmira, que por sua vez não esboçou qualquer reação violenta, apenas entendeu que a filha a aconselhava como se fosse adulta, de igual para igual.

Um ímpeto rasgou a mente de Zulmira, acelerado pela necessidade de não sofrer sozinha a condenação, sabendo que uma simples palavra levaria junto seu marido ao martírio sincrônico. Bastaria revelar a Maria

Edite as safadezas de Olavo, reverenciado pela filha. Mas não. Zulmira conteve-se e não maculou a visão de Maria Edite a respeito do pai, que tanto admirava e amava. Não era de sua índole falar mal dos outros, fazer fofocas ou bisbilhotar a vida alheia. Para ela, a vida se incumbiria a abrir os olhos das pessoas, tudo no seu devido tempo.

— Está bem, então. Não precisa — Zulmira finalizou com rudeza e concluiu, sentindo que a caminhada até o sítio com a filha seria silenciosa, mesclada com constrangimento: — Vamos voltar para casa. Não pretendo mais fazer pamonha.

Depois disso, nunca mais Zulmira levou Maria Edite como escudeira em suas aventuras amorosas e passou a tratá-la como se fosse adulta. Quando avisava Olavo dos passeios com as amigas na presença de Maria Edite, evitava olhar diretamente para a filha, convencida da sagacidade da menina e, por efeito, de sua sufocada reprovação.

O casal Olavo e Zulmira continuou a viver um casamento bem-sucedido em aparências. Olavo de nada sabia sobre os casos da esposa. Todavia, passou a engordar células de insegurança, a começar das amizades atraídas por Zulmira. Homens de toda estirpe que frequentavam seu balcão. Entre eles não faltavam aqueles que se sentiam mais homens fazendo propagandas de suas portentosas conquistas aventureiras no amor, esticando o peito para descrever os atributos da fêmea subjugada. O nome Leica esteve por vezes na boca de alguns desses vangloriosos.

Olavo não quis se alardear e não pretendeu investigar. Talvez porque tinha certeza velada do que poderia encontrar na conclusão. Do outro lado do prisma, Zulmira tinha plena convicção da infidelidade do marido, antes por intuição, agora pelos fatos relatados pelas atuais amigas, mesmo a contragosto. Não obstante apossados de tais conhecimentos, um tratava o outro com normalidade, como se não soubessem ou desconfiassem de nada. Continuavam participando dos eventos sociais da cidade, indo a bailes e ao cinema, aceitando os convites para serem padrinhos de batismo e de casamento com a maior naturalidade. Levavam uma vida regular, inclusive com trocas de carinho, abraços e brincadeiras desafetadas.

Tudo poderia continuar assim até o fim da vida de um dos dois, se uma mãe atormentada com os rumos sonhados para sua família também tivesse deixado a vida transcorrer ordinariamente, ao descobrir que Zulmira continuava tendo um caso com seu filho José Amadeu, casado e pai de dois filhos. Dona Maricota não suportou ver Olavo acariciando a mão de Zulmira na janela aberta da sala. A vizinha descompassada e encolerizada gritou da varanda de sua casa:

— É bom ver você aí na janela, como se fosse uma santa. Não tem vergonha na cara, sua puta! Biscate dos infernos! — Dona Maricota levantou seu braço, exibindo sua condição de maneta, com uma prótese preta sem dedos, e liberou sua voz aguda ainda mais alto: — Não perde a oportunidade para dar para meu filho por esses matos da redondeza. Não vê que está destruindo a família do José Amadeu? Rameira desavergonhada.

— Cala essa boca, velha fofoqueira! Vou lhe dar uma surra para aprender a não falar da vida alheia, polaca descascada — reagiu Zulmira, buscando se desvencilhar dos braços de Olavo, que sabia muito bem do que a esposa era capaz.

Maria Edite, sentada em silêncio na escada de cinco degraus, ouviu tudo desvanecida.

— E você? — Dona Maricota apontou para Olavo, com o dedo indicador da outra mão: — Não tem vergonha de viver com essa biscate dissimulada? — Ajeitou o lenço azul e laranja sobre seus cabelos brancos amarrados e continuou: — Dê um jeito de prender essa puta dentro de casa. Tenha apenas um pouquinho de brio e deixe de ser corno manso.

Olavo ouviu tudo em silêncio e se retirou da janela.

Zulmira sentou-se no sofá da sala derrotada, tremendo, com nervos à flor da pele, contrariada por não poder agir de acordo com o furor de sua personalidade, impedida pela força de Olavo e por si mesma ante a verdade alcaguetada pela vizinha. Não tinha dúvidas de que, se fosse outra a situação, não hesitaria em usar a força para fechar a boca da Dona Maricota. Queimavam-se os nervos com o desejo de bater com as mãos na vizinha, arranhá-la na face, arrancar-lhe os cabelos, fazer algo que a machucasse para aplacar o seu ódio. Restava-lhe apenas se afogar com a fumaça dos cigarros acendidos em sequência.

Maria Edite saiu para o fundo do quintal e se perdeu em pensamentos negativos. Aproximou-se do chiqueiro e começou coçar a pança da porquinha Toinha, que se deitou esticando as pernas e deleitando-se com o agrado. Com o conteúdo das revelações de Dona Maricota, o seu coração inundou-se de receios da iminente separação de seus pais. Chorou não só de vergonha pelo ocorrido, mas também de ódio pela maneira como a vizinha se referiu e falou de sua mãe. Lastimou-se: "Não precisava ser dessa forma. Uma boa conversa talvez tivesse resolvido". Enfim, o que ela temia acabara de acontecer de forma radical e impetuosa. Não esperava que fosse tão rápido. Ali, junto da porquinha de estimação, Maria Edite não tinha a pretensão de voltar para o interior de sua casa tão cedo. Então carregou a Toinha até um tanque com água já utilizada para enxaguar tapetes e começou a lavá-la com sabão e escovinha.

— Eu acordei tão feliz hoje cedo, Toinha.

A porquinha deu um coice para se livrar da escova que esfregou sua coxa.

— É isso mesmo — disse Maria Edite, alisando o dorso do pequeno animal. — Você é esperta. A felicidade, em muitas situações, realmente é bem curta, assim como o seu "coicinho". — Hein? — indagou a menina, quando Toinha mexeu o focinho e olhou em sua direção: — Se eu sou feliz? Não, não, e eu não sou triste. Estou triste agora e acho que assim ficarei por um bom tempo. Mas eu já aprendi a conviver com a tristeza. A tristeza gosta muito de ser dominadora. Ela gosta de ser sozinha e abafar os outros sentimentos da gente. Então é preciso ter cuidado com ela, Toinha, se não ela mata toda a alegria, todo o desejo, todas as vontades, inclusive suas sementes. O coração fica apertado, porque a tristeza continua fazendo forças com seus músculos para que nele não entre mais nada. Nem o amor.

Maria Edite retirou Toinha do tanque e a enxugou com um pano de estopa. O couro da leitoa ficou seco e tão limpo que transpareceram claramente seus poucos pelos eriçados e as manchas brancas da testa e dos lados da barriga.

Sentada numa cadeira direcionada para o sol poente de janeiro, Maria Edite coçou novamente a pança de sua porquinha mansa, que por sua vez fechou os olhos, regalando-se com o carinho da dona.

— O quê? Você disse que não sofre por causa destas coisas? Como assim? Ah! Entendi! Você não conheceu seus pais e vive um dia após o outro sem preocupações. Só fica triste se não lhe derem comida. — Maria Edite abraçou a porquinha e continuou: — Você é mesmo engraçada. Tudo bem. Porém, para mim não é tão fácil assim. Pelo que me lembro, desde quando me percebi por gente, sempre tive meus pais comigo. Cada um do seu jeito, é claro: mamãe, apesar de aparentar sempre brava, lá no fundo de seus olhos, eu nunca deixei de sentir seu amor por mim. Já o papai demonstra amor até pelos cotovelos. Assim eu aprendi a amar. E quando a gente ama, a presença do amado ou da amada nos traz o alimento necessário para vivermos felizes — Maria Edite disse isso olhando para o colorido do poente. Voltou-se para a porquinha: — Para você a comida que enche sua barriga é que te faz feliz, não é? Para mim, essa comida também me faz feliz. Deve ser muito triste passar fome. Ah! Mas o alimento do amor me deixa plena de felicidade. Entendeu? Morte? Que morte, o quê! Se a morte me separar desse amor? Essa dúvida não me incomoda. Ficaria incomodada se esse amor não tivesse existido.

Maria Edite permaneceu mais uns instantes olhando para os últimos clarões e só então levou Toinha para o cercadinho. Voltou para casa, deitou-se em sua cama e adormeceu para sonhar sonhos horripilantes.

No outro dia, logo após o nascer do sol, recebeu nos cabelos o carinho de Olavo, despertando-a.

— Acorde, Editinha! Vamos tomar o café que o papai preparou. Está bem quentinho, assim como pão que eu trouxe da padaria.

Não era comum Olavo despertar Maria Edite tão cedo. Da última vez que o fez, foi quando Zulmira abandonara a família pela segunda vez. Aflita diante da possível coincidência e escorada nos fatos dos dias anteriores, Maria Edite afoita escovou os dentes, lavou o rosto e penteou os cabelos. Antes de chegar à cozinha, passou pelo quarto dos pais, abriu as portas do guarda-roupa, bem como do baú, e constatou desolada a ausência da maioria das roupas de Zulmira.

— Mamãe foi embora mais uma vez.

Foi ao encontro do pai, que a esperava na cozinha.

— Sente-se, minha filha — solicitou Olavo com os olhos marejados.

— Ela se foi, papai? — Maria Edite perguntou, com tristeza.

— Sim — Olavo não conseguiu terminar de falar e chorou, sacudindo os ombros, sentido por sua situação e pelo sofrimento da filha.

Maria Edite correu aos soluços até o pai e se abraçaram na mesma dor.

— Mais uma vez você sofre. Eu, eu não queria ver você chorando por causa disso, minha querida. Não pude evitar, infelizmente.

— Não foi ela quem decidiu ir embora?

— De certa forma, sim.

— Não entendi.

— Você já é praticamente uma mocinha, por isso chamei-a para conversar antes de contar aos meninos.

Maria Edite apenas olhou para o pai, pesarosa, e acenou com a cabeça que havia entendido o motivo de falar-lhe primeiro. Então, Olavo continuou:

— Ontem, depois que a dona Maricota fez aquele terrível escândalo, sem falar nada para sua mãe, fui até o bazar do Seu Zezinho e comprei uma mala bem grande. Também comprei brinquedos para o Jazon e o João da Luz, com o intuito de tentar diminuir o sofrimento deles. Eu não tinha como prever em que resultaria a conversa urgente e inadiável que precisava ter com sua mãe. Tinha apenas a certeza de que mala com absoluta certeza não seria comprada em vão. Da mesma forma como os brinquedos para os meninos.

— Mas o senhor não estava muito nervoso para tomar decisões?

— Não. Eu não agi de forma precipitada, se é o que você está supondo. Pensei bem. Saí de casa para esfriar a cabeça e, antes que fechasse o comércio, coloquei em prática minhas reflexões. — Olavo serviu-se com café, tomou um gole e continuou: — Voltei para casa e encontrei sua mãe fumando, sentada no sofá da sala. Ela olhou para a mala que estava em minhas mãos e logo percebeu a exigência circunstancial, ainda assim insistiu no silêncio. Então eu lhe fiz uma proposta: "Você precisa decidir de uma vez por todas: se vai embora ou se prefere que eu vá. Nós não temos mais condições de viver juntos. Essa foi a gota d'água para mim". Ela apenas continuou a me olhar e acendeu outro cigarro. Continuei: "Se optar pela minha partida, ficará com as crianças e não precisará se preocupar com dinheiro, pois de onde eu me instalar, pagarei todas as despesas com alimentação, escola, lazer e aluguel. Ainda se quiser ir embora daqui e levar com você as crianças, da mesma forma, bancarei as despesas. Agora, por outro lado, você também pode partir sozinha e deixar comigo as crianças. Esta mala servirá tanto para mim quanto para você. A decisão é somente sua". Sua mãe perseverou taciturna entre uma tragada e outra do cigarro, balançando a perna direita cruzada sobre a esquerda, desinquieta. Por fim, apagou o cigarro no cinzeiro, fitou-me sem piscar os olhos e decidiu: "Eu vou embora! Você fica com as crianças!" Levantou-se, pegou a mala de minhas mãos, foi para o quarto e começou a arrumar suas roupas na mala. Terminado, disse-me adeus. Eu ainda perguntei onde ela passaria a noite e ela me recomendou a ficar despreocupado: "Vou para a casa da Leica". Abaixei a cabeça, disse-lhe adeus e fechei a porta.

— Meu Deus, papai. O que vai ser da mamãe?

— Não sei, Editinha. Espero que ela seja feliz, que ela encontre a felicidade que diz ainda não ter conhecido junto comigo.

Maria Edite novamente abraçou Olavo, e desta vez chorou por sentir compaixão dele.

Jazon e João da Luz, assim que acordaram e se levantaram da cama, sentiram a falta de Zulmira. Olavo os colocou a par da situação de uma forma mais resumida e menos árida. Igualmente se emocionou com o abatimento e o choro lamurioso dos meninos, principalmente de João da Luz, que era bastante apegado à mãe. Olavo entregou-lhes os brinquedos que comprara no bazar do Seu Zezinho com a intenção de apaziguar a dor pela qual passariam ao tomar ciência da triste notícia. O pai não tinha dúvidas de que os brinquedos equivaleriam a algum tipo de analgésico momentâneo, cinte de que aquelas feridas abertas levariam muitos anos para se cicatrizarem. Depois ainda restariam as cicatrizes.

— É o melhor que posso fazer agora — conformou-se.

Vinte e sete

    Para Maria Edite, os dias foram passando lentos, sugados pelo fardo pesado da saudade. Acordar cedo e tomar café preparado com o doce do amor de Olavo não deixava de ser engodo encantador pra o enfraquecimento do poder da lembrança dos momentos felizes da vida familiar com a presença de Zulmira. Encontrar os amigos e as amigas na escola represava a teimosia das águas habilidosas das recordações. De modo igual era o almoço com o pai e os irmãos, quando Olavo propositadamente direcionava os assuntos a paragens engraçadas e históricas de sua própria vida ou de seus familiares, visando a excluir a palavra mãe. Nas brincadeiras com os irmãos e com Helena, desenvolvidas na primeira parte da tarde, quando a concentração no lúdico não deixava espaço para qualquer outro tipo de reflexão, a figura materna se transformava em nuvem tênue, suave, porém sempre presente. Mas o final da tarde e a hora de dormir, esses são impiedosos momentos para quem está com a alma abatida.

    — Os finais de tarde e o pôr do sol são lindos demais. Por que me trazem tamanha tristeza? — queixava-se Maria Edite.

    Os momentos de entremeio do deitar-se na cama e o adormecer, muitas vezes alongados, realçavam com viço a falta da mãe e as indagações reflexivas sobre onde ela estaria naquele momento. O que fazia? Estava bem de saúde, até mesmo estava viva?

    Numa dessas tardes, diante de um crepúsculo mesclado entre nuvens escuras e raios de sol, os três irmãos se sentaram melancólicos naquela mesma escada de onde Maria Edite ouviu os xingamentos disparados por Dona Maricota contra seus pais.

    — Por que tocam essa música triste, todas as tardes? — Jazon, lacrimejando seus olhos verdes claros, reclamou do som da "Ave-Maria", de Gounod, tocada no alto-falante da Igreja Matriz São Sebastião.

    — Eu quero a mamãe — chorou João da Luz, esfregando as mãos nos olhos verdes cor de abacate.

— Um dia ela voltará. — Maria Edite abraçou os dois irmãos, fingindo-se forte, pediu a eles: — Vamos rezar todas as noites, como a Vó Dora nos ensinou, que tudo voltará ao normal.

Para não ser flagrada em suas lágrimas, manteve-se abraçada a eles, observando o horizonte, que então exibia somente nuvens cinzentas e escuras. As saracuras cantaram por diversas vezes. Pássaros inocentes e despretensiosos. Se soubessem que seu canto naquele momento se tornaria para aquelas crianças todas as vezes que fosse novamente ouvido gatilho de tristeza, da desolação e da solidão. Maria Edite fundiu em sua mente o canto das aves e os rugidos de Dona Maricota, e revoltada incitou os irmãos:

— Foi aqui desta escada que eu ouvi Dona Maricota falando coisas horríveis para o papai e para a mamãe. Ela foi muito maldosa.

— Sim. A culpa foi dela da separação dos nossos pais — Jazon, agora sem lágrimas, mas com um furor nos olhos, sentenciou.

João da Luz, sem entender ao certo o que afirmavam seus irmãos, sentiu repugnância pela vizinha e concluiu que era uma inimiga perigosa.

— Não podemos deixar isso impune — Jazon cerrou o punho direito, como se fosse iniciar uma batalha.

— Mas o que faremos? — João da Luz interrogou Maria Edite, imitando os gestos de Jazon.

Maria Edite pensou, repensou e não encontrou uma solução, encurralada na sua posição de irmã mais velha. Obrigou-se a cumprir seu papel superior e não decepcionar João da Luz com um "não sei" evasivo, porque de fato ainda não tinha em mente o que fazer.

— Já sei. Amanhã se não chover eu digo a vocês.

— Ah, assim não vale — irritou-se Jazon.

— Eu prometo que vai ser muito legal. Tenha paciência. Mas tudo deve ficar em segredo entre nós. Entendeu, João da Luz?

Jazon aceitou, mesmo que inconformado, enquanto João da Luz se satisfez e recebeu de bom grado a ideia da expectativa.

Em atendimento ao chamado de Olavo, saíram da escada para se juntarem a ele, que os aguardava para o jantar. Em cima da mesa se depararam com arroz, feijão, frango caipira ao molho, salada de alface e chuchu temperada com limão, sal e cebolinha. Naquela noite, os meninos dormiram felizes e ansiosos com a possibilidade de executar o plano desconhecido arquitetado por Maria Edite.

Logo pela manhã, o sol brilhou a leste, impondo autoridade pela vivacidade e calor, portanto, conforme afirmação de Maria Edite, o plano seria cumprido naquele dia. Porém, os aflitos meninos tiveram que esperar pela passagem das aulas e do almoço, para enfim tomar conhecimento da desforra.

— Desçam até o rio, perto do lugar onde se lavam as roupas — ordenou Maria Edite aos meninos depois do almoço, no fundo do quintal. Alertou-os, sussurrando com os braços em cima de seus ombros: — Cuidado! Não se deixem serem vistos.

Jazon e João da Luz concordaram apenas exibindo expressões faciais e se viraram rapidamente, para saírem em direção ao rio, contudo, foram retidos pelas camisas por Maria Edite.

— Espertalhões! Onde nos encontraremos lá embaixo?

— No morrinho das hortênsias — respondeu Jazon, referindo-se ao elevado de terra onde foram plantadas diversas hortênsias pelas lavadeiras.

— Combinado. Lá é um esconderijo seguro. Vão rápido. Irei em seguida.

Os meninos foram se esgueirando entre as árvores e as quiçaças até chegarem ao lugar convencionado. Os dois deitaram no chão e passaram a observar as ocorrências nos arredores, convencidos de estarem revestidos de genuínos espiões.

— Olha lá, João da Luz, é a Dona Maricota, aquela velha lazarenta que fez a mamãe ir embora de casa.

— Há mais uma mulher, um pouquinho à frente — constatou João da Luz.

Nisso chegou Maria Edite e se enfiou no meio dos dois irmãos deitados na terra entre as hortênsias.

— Olha, Maria Edite, a velha nojenta está ali — disse, afobado, Jazon.

— Eu já vi — Maia Edite exclamou, para demonstrar que estava no domínio da situação.

— O que vamos fazer? — perguntou João da Luz, com candura.

— Vocês já observaram que a Dona Maricota está colocando as roupas brancas para quarar, não é? — Jazon e João da Luz acenaram positivamente e Maria Edite continuou: — Assim que ela voltar para a casa dela... — Maria Edite parou ao notar que a outra senhora que também lavava roupas se preparava para ir embora. — Ótimo. Tudo conspira a nosso favor. Agora é só esperar a velha rabugenta também ir para casa.

— Nós vamos fazer o quê, Editinha? Fale logo de uma vez — impacientou-se Jazon.

— Vamos jogar barro do rio em toda a roupa branquinha da Dona Maricota. Só isso.

— Viva! — gritou João da Luz, sentindo as mãos de Maria Edite abafar sua boca.

— Genial! — alegrou-se Jazon e concluiu, em seguida: — Vamos vingar nossa mãe!

Assim que Dona Maricota sumiu da vista, os três irmãos colocaram o plano em prática. A adrenalina correu solta, mesclada com o medo, a impavidez, o perigo, a afobação e o deleite num ritmo frenético de diversão. As fronhas e os lençóis brancos bordados estendidos sobre os arbustos próximos ao riacho em pouco tempo se transformaram em peças impregnadas do pretume extraído do lodo escuro do banhado. Terminado o serviço, os traquinas empreenderam uma corrida em direção ao mato fechado, envolvidos pela sensação insana de estarem sendo perseguidos por alguém ou algo invisível, até pararem no meio do pinheiral e caírem no chão, extenuados, a gargalhar.

No final da tarde, após o banho, sentaram-se na escada da cozinha, tencionados a ver e ouvir as reações de Dona Maricota, que voltou do riacho soltando fogo pelas ventas.

— Eu quero que seque as mãos de quem sujou as minhas roupas brancas. Cambada de lazarentos! Desgraçados! Molecada do diabo!

Dona Maricota não tinha a mínima noção de quem fizera aquela diabrura com ela e soltava palavrões aos ventos. Maria Edite, Jazon e João da Luz, bem orientados, agiram como se não fosse com eles a bronca da vizinha. Depois entraram em casa para rir e se vangloriar do bem-sucedido plano, recordado passo a passo.

Antes de dormir, Maria Edite retirou do guarda-roupa do quarto de seu pai um vestido azul bordado em salpique que Zulmira deixara guardado quando partiu. Embolou-o e o aproximou de suas narinas para sentir o perfume entranhado naquela vestimenta. Depois dobrou-o e o guardou no mesmo lugar. A ação lhe permitiu a sensação, mesmo que artificial, de abrandamento da saudade, tanto que a partir de então passou a cumprir diariamente o ritual sedativo. Em determinadas circunstâncias temerárias, quando a saudade parecia tomar proporções de um abismo, corria mais de uma vez por dia até o quarto do pai para envolver no rosto o perfumado vestido azul.

Vinte e oito

Por mais que o ilusório se mantenha em estado de alerta, haverá um instante de sonolência, de exaltação ou de prostração, quando determinadas realidades inesperadas sempre presentes deixarão à mostra a face desnuda. A face real desmascarada, apesar da frustração causada ao iludido, terá grande chance de não ser renegada, se o coração bate mais forte que as palpitações da razão nas horas mais tristes ou mais felizes da vida.

Maria Edite adquiriu um aprendizado substancial, proporcionado pela benevolência do sofrimento. Há quem diga malevolência. Tudo bem. Os termos são escolhidos conforme a montanha ou o fundo do vale de onde se vê a vida. Amadurecida teoricamente nos assuntos ligados à sexualidade, aos poucos foi descortinando, por intermédio das conversas abertas com Antonia, confidente de Zulmira, aspectos da índole de Olavo, principalmente as contínuas traições durante a curta vida matrimonial ao lado de sua mãe. A menina nunca esboçou solicitar a confirmação do pai sobre o assunto, porque queria honrar sua amizade com Antonia na lealdade e na fidelidade. No começo, Maria Edite supunha que Antonia não falava a verdade sobre tais assuntos ou discursava histórias estapafúrdias. Só passou a dar crédito à moça ao presenciar Olavo proferir galanteios despropositados a moças que passavam em frente ao seu restaurante.

— Ô "sabonetão"! — Foi primeiro adjetivo gritado do bar por Olavo e ouvido por Maria Edite, que sentiu maior repugnância ainda quando o pai, em seguida, sugou em alto som o ar pela boca.

— Que coisa feia, papai. Um velho desse, falando essas coisas sem graça para uma moça um pouco mais velha que eu.

— Oh, Editinha! Você está aí? Não a tinha visto — disse Olavo, disparatado.

A confirmação exata do Olavo desconhecido por Maria Edite aconteceria no correr dos dias, no momento em que ele chegou em casa acompanhado por uma moça chamada Naná.

— A Naná topou viver comigo e cuidar de vocês, crianças — disse Olavo eufórico, esperando boa recepção pelos filhos.

— Seja bem-vinda, Naná — Maria Edite a cumprimentou.

Jazon apenas acenou com a mão e João da Luz, parado sem reação, foi abraçado por Naná.

Enquanto Naná carregava suas malas para o quarto de Olavo, as crianças saíram para o fundo do quintal.

— Ela vai ficar no lugar da mamãe? — perguntou João da Luz passando o polegar em torno do suspensório e acrescentou: — Eu não quero!

— Vem cá — Maria Edite trouxe João da Luz para perto de si e se abaixou para falar com ele: — É claro que não, João! A mamãe jamais será substituída.

— Será? Não sei, não — Jazon duvidou, apresentando rasgos de zanga.

— Não, Jazon. A Naná, se é que esse é seu nome verdadeiro, vivendo com o papai, dará grande apoio a ele. Pelo menos amenizará sua tristeza. A mamãe será sempre a nossa mãe. A gente só precisa tratar bem a Naná.

— E se ela for chata? Se ela quiser nos bater? — perguntou Jazon, buscando alguma alternativa.

— Aí nós encontraremos alguma saída diferente. Por enquanto vamos dar crédito a ela. — Maria Edite olhou com ternura para João da Luz e concluiu: — Você acha que pode gostar dela? — João da Luz acenou que sim, aborrecido.

Naquela mesma noite Maria Edite enojou-se perplexa com o que ouviu vindo do quarto de seu pai, tendo em conta a ausência de isolamento acústico das paredes de madeira. Naná gritava de pavor como se pedisse socorro, atemorizada com a brutalidade de Olavo:

— Não era isso que você estava esperando, potranca gostosa. Vem cá, minha puta. De quatro, cadela.

Maria Edite tapou os ouvidos embaixo das cobertas para não ouvir mais e só conseguiu dormir após o silêncio intercalo por soluços de Naná, literalmente violentada por todos os ângulos sexuais e morais e estarrecida ante a conclusão de que toda mulher precisasse passar por tal situação violenta na primeira noite com um homem.

Na semana que se seguiu, Maria Edite, Jazon e João da Luz sem demora constataram a amabilidade genuína da personalidade de Naná, de maneira especial a gentileza e o carinho dispensados nos cuidados com João da Luz, compassiva com ele, por ser tão pequeno e por isso mais necessitado da presença da mãe.

— Quando você conheceu meu pai? — indagou Maria Edite, sentada na cadeira da cozinha, observando Naná preparar o almoço.

— Há pouco tempo. A primeira vez que nos vimos, no centro da cidade, ele me disse que iria até o sítio do meu pai e me pediria em casamento — Naná exclamou com os olhos amarelados brilhantes de alegria.

— Quanto anos você tem?

— Vinte e sete.

— E seu pai deixou você vir morar com ele antes de se casarem?

— Claro que não. Nós nos casamos — Naná sorriu com seus dentes encavalados e tortos sob a gengiva aparente.

— Com padre e tudo? — assustou-se Maria Edite.

— Sim. Foi muito bonito.

Naná se emocionou, passando as mãos em seus cabelos vermelhos crespos.

— Minha vó disse que não é possível casar na igreja duas vezes. E meu pai já é casado na igreja — duvidou Maria Edite.

— Mas eu me casei, o padre foi fazer o casamento — Naná afirmou, convicta.

Naquele mesmo dia, Maria Edite, desconfiada a partir das asserções de Naná, resolveu fazer uma devassa pela casa a fim de encontrar alguma pista que sanasse as suas cismas. Procurou pelos armários, baús e caixas, até que encontrou escondido no fundo do guarda-roupa uma batina preta.

— Por que você foi escarafunchar as minhas coisas, Editinha? — ralhou Olavo, irresignado ao ver a batina nas mãos da filha, a lhe perguntar o que significava aquilo. — Isso aí certamente foi deixado por sua mãe. Eu pensei que fosse pecado jogar fora a roupa de padre! Por isso deixei-a aí mesmo.

— Papai, que coisa feia mentir para sua filha — Maria colocou as mãos na cintura, intimidando Olavo.

— Ah! Está bem. Eu não sei o que essa batina faz aí. Pronto.

— Acontece que eu falei com a Naná e ela me disse que se casou com o senhor na presença de um padre.

— E o que tem isso? Foi o que aconteceu. Nós nos casamos mesmo.

— Pelo jeito ela não sabe que a igreja católica não casa quem já é casado. Não é, papai?

— Como você sabe disso?

— A vó Dora me disse e o padre Ângelo de Marilândia também.

— Só me faltava essa. A "jacuzinha" da Naná nem desconfia. Minha filha esperta me pega no contrapé.

— Quem fez o papel de padre, papai?

— Você quer saber demais — respondeu Olavo, irritado.

— Tudo bem, então. Se o senhor não me contar essa história, eu vou falar o que penso para a Naná — disse Maria Edite, já saindo do ambiente.

— Espere, menina — Olavo sorriu, admirado com a esperteza da filha, esticou o canto da boca para o lado esquerdo e confessou: — Eu combinei tudo com o meu amigo turco, o Aníbal, logo após ter pedido a Naná em casamento. O Aníbal topou a parada. Tiramos as medidas dele e pedimos para um alfaiate de Apucarana confeccionar a batina. O turco foi a um casamento no sábado anterior e anotou quase tudo o que o padre fez e falou, ensaiou em sua casa, e no dia desemprenhou seu papel com perfeição lá nos cafundós, onde o Judas perdeu as botas, um sítio ermo nas beiradas no rio Ivaí. Fizeram uma grande festa, e no outro dia eu trouxe a Naná para casa.

— Meu Deus, papai! Como o senhor tem coragem? Qualquer dia a Naná encontra o seu Aníbal por aí e...

— Ela não irá reconhecê-lo. É bobinha demais. Além disso, o Aníbal usou um chapéu parecido com barrete, deixando sombra nos olhos.

Naná, em sua ingenuidade, vivia feliz com sua vida de casada, disposta gratuitamente a tomar conta das crianças e dedicar toda a sua vida a Olavo. Pouco mais de dois meses depois de sua chegada, descobriu seu estado gravídico e encheu-se de felicidade. Não conseguiu guardar somente para si a emoção e fez questão de compartilhar a alegria com o "marido". Olavo recebeu a notícia com frieza e, sem demonstrar qualquer reação ou dizer uma palavra sequer, voltou para o bar, movendo a cabeça de um lado para outro, em sinal de azedume. Deixou Naná plantada na sala, sufocada pela angústia da incerteza, entre a dor e o pranto.

— Só me faltava essa — Olavo ruminou do lado de dentro do balcão. — Preciso dar um jeito nisso.

Saiu direto do bar para a casa de uma mulher chamada Creuza, que lhe devia favores em troca da manutenção de segredos sobre traições conjugais. Matutando pelo caminho, Olavo aviou um plano nefasto e preciso. Só precisava da anuência da comparsa.

Primeiro: Olavo convenceu Naná a visitar seus pais num final de semana, ao argumento de que os pais precisavam saber de sua gravidez. A moça, com isso, desfez aquela imagem de que o "marido" não havia gostado de sua gravidez. Foi de bom grado. Segundo: Creuza, ciente da partida de Naná para visita aos pais, apoderou-se das roupas da vizinha Dona Maricota estendidas nas ramagens da beirada do rio e as entregou a Olavo, devidamente passadas e dobradas. Terceiro: Olavo, de posse das roupas, acondicionou-as em uma trouxa montada com um lençol colorido de Naná.

Ao retornar da casa de seus pais, após uma semana da partida, Naná foi recebida por Olavo, que não lhe deu sequer um abraço nem boas-vindas. Pelo contrário, fechou a cara, sério e nervoso, pegou em seu braço direito por trás, e forçadamente a levou até o quarto.

— O que significa isto? — Olavo gritou, arremessando a trouxa no chão.

— Do que você está falando? — perguntou Naná, sem nada entender.

— Engraçadinha. Abra a sua trouxa e verá. Dissimulada!

— Mas isso não é meu. O que está fazendo aqui?

— Eu é que pergunto. Aliás, só posso concluir que você roubou essas roupas da vizinha. Que coisa feia, Dona Naná. Eu não dou a você o que precisa? Para que roubar dos outros?

— Não fui eu — Naná se defendeu chorando, aterrorizada.

— As roupas vieram voando até aqui e se esconderam dentro da trouxa — Olavo sorriu com sarcasmo, ao mesmo que complementou em tom sério e alto: — Não aceito dividir o mesmo teto com uma ladra. Eu tenho filhos e eles precisam de bom exemplo. Portanto, arrume suas coisas e vá embora desta casa.

— Não faça isso comigo, Olavo. Eu estou grávida — suplicou Naná, ainda chorando.

— Que filho o quê! Filhos meus, só Maria Edite, Jazon e João da Luz. Outro eu não considero filho — Olavo sentenciou apontando Maria Edite na escada da cozinha, por coincidência.

— Olha aí a sua filha. Você gostaria que isso que está me fazendo acontecesse também com ela?

— Não fale besteiras, mulher — Olavo repreendeu Naná, em tom mais ameno.

Ela então praguejou:

— Deus é grande e vai fazer com que sua filha caia na mesma armadilha que você me aprontou. Vai encontrar um homem pior do que você. Vai sofrer mais do que eu.

Ouvindo isso, Olavo foi até o quarto, embolou todas as coisas de Naná e as jogou para fora de casa e ordenou que ela saísse imediatamente.

— Para onde eu vou?

— Pega a estrada e se vira. Você já está bem crescidinha. Foge. Some da minha frente.

Maria Edite assistiu àquela cena com aperto no coração, não só pelo fato de seu pai ter mandado embora de casa Naná, a quem aprendera a gostar e respeitar, mas também porque ela estava grávida de um bebê de seu pai, portanto sua irmã ou seu irmão, e ainda porque os fatos presenciados da escada despertaram, em seu coração, a suspeita de que tudo não passara de mais um plano bem arquitetado por seu pai.

Outrora, jamais passara por sua cabeça que seu pai pudesse praticar terríveis atrocidades e desprezíveis patifarias, como aquelas sucedidas nos últimos meses. Concluiu Maria Edite:

— Se ele agiu assim agora, deve ter feito parecido no passado. Pode ter sido isso a razão de mamãe ter ido embora de casa. Antonia me falou a verdade.

Contudo, apesar de seus ainda lacônicos anos de vida, Maria Edite ergueu sua cabeça e entendeu que malgrado a casa desmoronada, os tijolos ainda estavam ali. Empedernida diante dos cacos deixados pelo pai e pela mãe, compreendeu que era preciso juntar os tijolos e reconstruir sua vida de forma original, espanando as cinzas de demolição com os ventos da serenidade.

Vinte e nove

Dona Maricota, desde aquele dia fatídico em que protagonizara o estardalhaço determinante para a separação de Olavo e Zulmira, decidiu atirar todas as pedras de sua mão malevolente sobre a reputação de Zulmira, além de munir suas amigas de seixos afiados de difamações. Elas eram dotadas da mesma finalidade mortal, desprovidas de piedade e de constrangimento e isentas de compaixão com os sentimentos dos filhos e do marido da condenada. A intolerância é portadora das armas da morte, porque em seu estado de corrupção dissipa cegamente o valor do outro lado da moeda. Vazia de condescendência, despreza a grama do lado de fora do muro e corta-a de imediato, sem ao menos tentar averiguar que adveio da raiz do lado de dentro.

Assim, a ação massificante capitaneada por Dona Maricota resultou em apedrejamento sem misericórdia sobre a índole de Zulmira, sangrada até a morte. Aquela gente sedenta por fazer a justiça acontecer e fiel ao seu próprio senso de justiça elevou-se aos céus banhada com o sangue de satanás, aliviada por salvar a moral e os bons costumes. A máxima coletiva velada nas bocas, porém pensada no íntimo e utilizada como forma de proteção da prole, se aclararia na frase seca: se a fruta estragou, a semente que ainda nem foi plantada também não prestará. Olavo não mais recebeu convites para participar de eventos sociais, a não ser para reuniões e festas exclusivas para homens. As mães proibiram seus filhos e suas filhas de convidarem Maria Edite, Jazon e João da Luz para brincarem em suas casas. As colegas da escola, que tantas vezes assediaram Maria Edite para brincar em suas casas, passaram a tratá-la com desprezo. Até mesmo na igreja sentiu-se isolada e deixou de fazer parte do grupo infantil de canto. Mas o maior peso da execração social pela qual passou Maria Edite teve seu arremate na última vez que brincou, no fundo do quintal de sua casa, com a amiga e vizinha Arilda.

— Arilda — gritou da janela a mãe.

— Oi, mãe. Estou aqui brincando de bonecas com Maria Edite.

— Já para dentro de casa.

— Já vou — respondeu, contrariada.

— Por que sua mãe não deixa você brincar mais comigo? — Maria Edite fez a pergunta para a amiga, demonstrando estranheza, por ser a quarta vez que a cena se repetia.

— Ai, Maria Edite, eu não entendo a razão — disse Arilda, terminando de colocar seus brinquedos em uma sacola pintada com o colorido de diversas borboletas.

— Por favor, ela deve ter dito alguma coisa. Fale para mim, senão vou ficar pensando que fiz algo errado.

— Bem, ela me proibiu de brincar com você em razão de todas as coisas erradas que sua mãe andou fazendo.

— Que pena. Entendo. Adeus, então — Maria Edite apenas acenou para Arilda, que correspondeu. Daquele dia em diante nunca mais se encontraram para brincar juntas.

Diante de tantas adversidades, as amizades se vão, mas não a Amizade. Ela limpa as feridas do espinho da flor, limpa o canteiro para que a rosa desabroche esplendorosa e bela, brilha junto e se fascina com o brilho de seu par, em busca da saída na caverna escura, sofre junto e ri só de piada que tem graça, para só então rir com o amigo, com graça. Helena! A amizade que tem o conceito em si mesma, verdadeira e recíproca por Maria Edite. Uma amizade fundada em rocha firme, daquelas que surgem e não há vento contrário, tempestades e desgastes temporais que possam colocá-la abaixo.

Mesmo que Dona Isaura tivesse aderido ao massacre acintoso bafejado por Dona Maricota, isso não seria empecilho para as duas amigas se encontrarem, nem que fosse às escondidas. Não precisaram passar por esse estresse, porque Dona Isaura, agora viúva, sempre se portou como mulher sensata e amorosa. Cuidou do marido doente por cinco anos após o derrame com dedicação de uma enfermeira materna. A vida miserável e o sofrimento não a transformaram em pessoa amarga, pelo contrário, Dona Isaura manteve-se doce com as pessoas, movida pela gratidão dos pobres, em espírito. Sabedora do linchamento social recaído sobre Zulmira, agia apenas com cautela quando Maria Edite solicitava-lhe a permissão para Helena ficar em sua casa.

Num início de tarde de sábado do final de abril, quando a temperatura marcava trinta e dois graus no termômetro, Maria Edite pediu o consentimento de Dona Isaura para que a amiga dormisse em sua casa.

— Não, hoje não — respondeu Dona Isaura.

— Mas, Dona Isaura, por quê? Eu estou muito sozinha.

— O bar de seu pai recebe muita gente hoje. Só tem homens. Não acho certo que uma mocinha fique perambulando por lá.

— Os homens ficam no bar. Ninguém entra em casa. A porta é trancada pelo papai. Deixa, Dona Isaura? — replicou Maria Edite.

— Está bem! Está bem! Vai pegar suas coisas, Helena, mas nada de passar da porta da casa para o bar, mocinha.

Isaura se corroía por dentro, apenada por Maria Edite não ter mais a presença da mãe. Lastimava-se:

— Logo agora que mais precisa, dona Zulmira foi embora. Pobrezinha. Não tem mais ninguém a não ser Helena. Até a vizinha a abandonou. Que gente sem coração.

Na casa de Maria Edite, Olavo deixara preparado na mesa da cozinha bolinho de chuva quentinho, bolo de fubá com sementes de erva-doce e uma caneca de leite morno, e sobre a chapa do fogão de lenha, um bule até a metade de chá de erva cidreira e outro com café. As duas se fartaram enquanto conversaram animadas sobre assuntos escolares e sobre as brincadeiras na rua com os meninos, permeados de risadas acaloradas.

— Olha só, está se formando um temporal no horizonte — Helena observou assustada pela janela da cozinha.

— Que legal, vamos dormir com o barulho da chuva no telhado — animou-se Maria Edite se levantando da cadeira. — Eu vou pegar as roupas de cama do quarto do papai e já volto.

Maria Edite escolheu os lençóis e a fronha com desenhos florais. Propositadamente, colocou as peças sobre a cama, a fim de aproveitar o ensejo e novamente respirar o cheiro do vestido azul de salpique deixado por Zulmira. Não o encontrou. Procurou por todo o guarda-roupa, depois no baú e em outros armários da casa. Nada. Ficou desolada, sem saber o que fazer, foi ao bar para pedir uma pista ou alguma explicação plausível acerca do sumiço do vestido.

— Papai, o Senhor sabe onde está o vestido azul da mamãe? — inquiriu o pai Maria Edite, um tanto nervosa.

— Eu o dei para uma mulher que estava precisando.

— Por que o Senhor deu o vestido de minha mãe? Ele era a única coisa com a qual eu sentia mamãe pertinho de mim. Por quê? — Maria Edite gritou com Olavo descompassadamente, porém ele não reagiu. Ela apelou: — O vestido era da minha mãe. O Senhor não devia ter dado para ninguém. Quando eu ficar grande, vou fazer igual a minha mãe fez: vou embora e largar o senhor sozinho.

Olavo perdeu a paciência e deu um tabefe no braço da filha, que amargurada saiu em disparada em direção ao riacho. Helena, não obstante o medo da tempestade que se aproximava, seguiu a amiga.

— Maria Edite, vamos voltar. Olha só o temporal. Está ficando tudo escuro. As nuvens vêm revirando no céu e as árvores estão balançando demais com o vento — aconselhou Helena, assustada.

— Eu quero que o vento me leve. Dá vontade de morrer. Quero que meu pai fique com a consciência pesada se eu morrer. Por que ele foi dar o vestido de minha mãe?

— Você não pode falar assim, amiga. Eu não quero que você morra. Vamos voltar.

Olavo gritava o nome de Maria Edite da porta da cozinha. Ela, porém, não quis responder aos chamados do pai nem ouvir os conselhos de Helena, que não arredou o pé de perto dela, com os olhos da tempestade. De repente, viram Olavo descendo com um acolchoado preto nos ombros.

— Filha, vamos para casa, a chuva vai ser violenta.

Sem olhar para o rosto da filha, que o fitava com raiva, embolou-a no acolchoado preto e a levou no colo para casa. Helena correu na frente para fechar as janelas da casa.

— Editinha, peço-lhe perdão por ter dado o vestido de sua mãe. Desculpe-me também pelo tapa. O pai agiu por ímpeto.

— Isso nem doeu. O que dói ainda é a doação do vestido para gente estranha.

— Tudo isso por causa de um vestido, filha?

— Porque o vestido tinha o cheiro da minha mãe — Maria Edite disse e chorou.

— Eu não tinha noção de quanto isso significava para você. Posso comprar-lhe outra coisa que queira. O que você pedir.

— Não precisa. Qualquer coisa que o senhor compre para mim não terá o cheiro da mamãe.

Nesse instante, um raio clareou a cozinha, e em um segundo um trovão fragoroso fez tremer a casa. A chuva caiu sobre o telhado, barulhenta pelas gotas pesadas despejadas. Parou, súbita. O vento pareceu intencionado a varrer as telhas em uma resoluta vez, mas desistiu quando se abraçou com a chuva, que decidiu se reapresentar torrencialmente. Helena, temendo o destelhamento, aproximou-se de Olavo abraçado a Maria Edite. Os três olharam fixamente para um ponto, cada um para cantos diferentes da casa, na expectativa de alguma ação mais impetuosa da tempestade. O vento se desenroscou da chuva, que se tornou cada vez mais branda, porém contínua. Dissipado o perigo, Olavo voltou para o interior do bar, onde estavam Jazon e João da Luz, comendo sanduíche e bebendo guaraná em meio à conversa alta e paralela dos homens adiantados no álcool, que nem se importaram com o descontrole do tempo. Maria Edite e Helena permaneceram quietas em torno do fogão, ouvindo a chuva e o trepidar da lenha queimando no fogo.

Trinta

De seu quarto, Maria Edite ouviu Olavo conversando com uma moça na sala da frente e se apressou até a cozinha para, sobre a mesa, simular uma tarefa da escola. Assim poderia ouvir melhor.

— Você tem uma casa bonita, Olavo. É bem espaçosa e arejada.

— Se se casar comigo, Lourdes, tudo isso será seu. Você sairá lá daquele sítio no fim do mundo. Virá morar aqui na cidade. Não precisará trabalhar no pesado.

— Não sei, acho que nós deveríamos nos conhecer mais um pouco.

Lourdes sorriu, deixando aparecer seus alinhados dentes brancos. Olhou pela janela da sala, procurando demonstrar segurança, a fim de esconder sua inexperiência de menina de 16 anos de idade.

— Esse anel, esse colar, o brinco, todos de ouro, são apenas amostras daquilo que lhe darei depois que nos casarmos — Olavo apontou as joias dentro de um pequeno baú de porcelana.

— E a mãe dos seus filhos? — Lourdes repetiu a pergunta feita em outra oportunidade, fechando a pequena mão direita em torno do queixo afinado, componente belíssimo de seu rosto coração, envolto pela pele parda na delicada harmonia entre o nariz fino arrebitado e os olhos castanhos próximos. Virou novamente para a janela, exibindo os cabelos pretos compridos até a cintura.

— Eu já lhe disse que ela morreu. Você não acredita em mim? Deixou-me só, com os três filhos — respondeu Olavo, com lágrimas nos olhos.

— Eu confio em suas palavras, desculpe-me. É que eu sou muito nova em relação a você.

— Fique tranquila quanto a isso. Eu estou completamente apaixonado por você. — Olavo pegou na mão de Lourdes com respeito e continuou: — Você é muito bonita. Não a desapontarei. Não a deixarei nem mesmo fazer os trabalhos domésticos. A empregada continuará a trabalhar aqui.

— Está certo. Eu aceito me casar com você.

Olavo demonstrou contentamento com a resposta e beijou a mão de Lourdes, que por fim perguntou:

— O casamento será aqui na igreja matriz?

— Não, aqui vai demorar muito. Tenho um amigo padre que não medirá esforços para ir ao sítio de seus pais e fazer lá a cerimônia.

— Tudo bem — Lourdes exclamou sorridente e feliz com a decisão.

Antes que Olavo desse prosseguimento ao assunto, o ajudante do bar o chamou para voltar ao restaurante, a fim de resolver uma pendenga administrativa.

Maria Edite, elétrica de vivacidade, aproximou-se da sala e escolheu um lugar estratégico, de onde pudesse ver a entrada da cozinha, por onde seu pai passaria, caso voltasse, e para ao mesmo tempo aproveitar a oportunidade de conversar com Lourdes em particular.

— Oi, você é nova namorada no meu pai? — Maria Edite interpelou Lourdes, que parecia absorta em seus pensamentos distantes.

— Sim. E você deve ser a Maria Edite. Seu pai fala muito bem de você — disse Lourdes com simpatia e um pouco apreensiva.

— Que bom. Vocês vão se casar?

— Eu acabei de aceitar a proposta de Olavo.

— Mas ele ainda é casado com minha mãe.

— Não entendi. — Lourdes mudou de humor. — Ele me disse que sua mãe é falecida.

— Muito pelo contrário. Minha mãe está bem viva e ainda é casada com ele.

— Então ele está mentindo para mim? — Lourdes tremeu seus delicados lábios finos.

— Com certeza. Tudo o que você está vendo aqui é da minha mãe. — Maria Edite, certa de que argumentava com autoridade ante a reação decadente de Lourdes, apontou os bens com o dedo indicador: — Os móveis, as roupas, a casa. — E mais incisiva: — As joias.

— Não pode ser. — Lourdes deixou cair uma lágrima do olho esquerdo.

— Pode sim. A hora que minha mãe voltar e encontrar você namorando meu pai, vai lhe dar uma surra das grandes. Inesquecível. Ela é muito brava. Além do mais, eu não quero que você sofra como outra moça que meu pai engabelou e depois a mandou embora sem nada no bolso.

Maria Edite, com o olho da porta do bar e outro em Lourdes, relatou a ela tudo o que acontecera com Naná, sem esquecer os pormenores. Depois que Maria Edite terminou a resenha, com os devidos acréscimos e lampejos, Lourdes se retirou exasperada, como que soltando faíscas de fogo pelos olhos, e correu até o bar.

Ao ver Lourdes voltando do bar ao lado de Olavo, Maria Edite, prevendo o que inevitavelmente aconteceria, saiu para o fundo quintal, veloz feito um raio. De lá, viu que a moça arrancou do dedo anelar, com energia colérica, a aliança recebida de Olavo e a jogou sobre a mesa com tal força que a joia se perdeu no piso da cozinha.

— Seu mentiroso desgraçado. Vigarista do demônio. Não passa de um trapaceiro sem-vergonha.

— O que aconteceu, Lourdinha? Estava tudo certo até agora há pouco — Olavo disse deslumbrado, buscando em vão a mão da moça que se afastou bruscamente.

— Eu já sei de tudo. Sua esposa está viva e tudo o que tem nesta casa é dela — Lourdes gritou, abespinhada.

— De onde você tirou isso? Quem te falou?

— Não interessa! Chega de mentiras. Nunca mais me procure. Se você aparecer lá no sítio vai experimentar a azeitona de aço do meu pai.

Lourdes saiu derrubando a cadeira da mesa. Olavo, apesar de surpreso, sorriu, balançando a cabeça num movimento vertical, tomado por um palpite irrefragável acerca da agente aniquiladora de seu esquema:

— Só pode ter sido a Maria Edite, no curto tempo em que me retirei para o restaurante. Essa menina é deveras astuta. Vai me quebrar de agora em diante se eu não tomar cuidado. — Sorriu novamente, admirado com a agudeza da filha.

— Sua fofoqueira. Você que foi contar para a Lourdes que sua mãe está viva — Olavo acusou Maria Edite na mesa, durante o lanche, em tom amistoso.

— Contei mesmo. Se não o senhor vai fazer com ela o mesmo que fez com a Naná. A Lourdes é muito bonita e merece se casar com um homem jovem.

— Você está me chamando de velho? Eu só tenho 28 anos. Sou bonitão.

— É velho, sim! Pensa que eu não sei? O senhor já tem 39 anos. A Lourdes tem só quatro anos a mais que eu.

Olavo sorriu maravilhado com a filha, e passando a mão em seu próprio rosto perguntou-lhe:

— O que mais?

— Bonito o Senhor é sim. Muito lindo. Mas não precisa ficar se exibindo.

Olavo soltou uma gargalhada retumbante com a resposta da filha. Antes que continuasse o diálogo divertido, viu Maria Edite se levantar entusiasmada da cadeira e anunciar:

— É o titio João.

João, o filho sobrevivente de Lucidora e Sebastião, irmão caçula de Zulmira, vinha pela quarta vez a pedido da mãe visitar os sobrinhos e o cunhado depois da separação do casal. Maria Edite abraçou o tio, eufórica, convidando-o a se juntar com eles à mesa para o café, onde conversaram por mais de hora sobre negócios e comércio, até João adentrar no assunto primordial, motivo pelo qual ali estava.

— Olavo, a mãe continua insistindo para que a Editinha vá morar com ela em Marilândia.

— Bem, João, isso não depende de mim — argumentou Olavo, direcionando o olhar para Maria Edite. — Vou deixar vocês conversando à vontade. Preciso voltar ao trabalho. O que Maria Edite decidir, eu apoio.

— Vamos, Editinha? A sua avó está muito preocupada com você vivendo aqui, principalmente em razão do bar, que sempre está cheio de homens de todo tipo de caráter.

— Raramente eu vou ao bar, tio. Quando vou, o papai está lá. Os homens não entram aqui em casa.

— Mas a mãe se preocupa demais com você. E quer muito que volte a morar com ela. Pense bem.

— Eu amo a vó Dora, mas ainda não estou certa de que é isso que quero, porque também amo demais o papai. Preciso cuidar dele.

Maria Edite não queria voltar a viver em Marilândia, porque Faxinal tinha bem mais opções de lazer e entretenimento. Também pesava sua amizade com Helena. Morar no sítio com a avó seria, no seu pensar, um retrocesso terrível, regado com a solidão, principalmente porque não teria a presença do pai e dos irmãos que tanto amava. Por isso, mais vez, o tio João levou a negativa para Lucidora, que seguiu adiante a se consumir de preocupação com o futuro da neta.

Trinta e um

Olavo não desistiu de seu intento insidioso, armando as mais diversificadas arapucas com a finalidade de trazer para casa as moças simples filhas de sitiantes desprovidas de couraça protetora contra a perspicácia da patifaria. Apesar de não ser mais um homem requisitado nos meios sociais, recebia acentuada aceitação por parte das mulheres mantenedoras, acima de tudo e de todos, dos costumes tradicionais da família e da religião, porque viam nele um senhor honrado, traído desonesta e barbaramente pela esposa desmiolada. É certo também que, entre tais mulheres, algumas conheciam de perto a real veracidade peculiar do homem elevado a mártir do matrimônio por suas correligionárias fanáticas.

Quanto aos homens, não houve qualquer alteração por parte deles sobre o baiano Olavinho — homem de terno branco —, há muito tempo versados de sua fama de boêmio frequentador dos cabarés, antes e durante o casamento com Zulmira. Amigo das autoridades locais, especialmente de seu compadre, o delegado, embarricou em torno de si uma zona de proteção perene contra eventuais ameaças jurídicas oriundas de suas façanhas de ladino inveterado na realização de proezas amorosas e devassas. No balcão do boteco, entre uma conversa e outra, Olavo relatou ao seu compadre delegado casos experimentados envolvendo as moças simples da zona rural, cujas minúcias motivaram altas gargalhadas, inclusive a armação arquitetada contra Naná, desempenhada magistralmente pelo amigo Aníbal vestido de padre para assistir o casamento.

Após pensar e meditar, Olavo por fim concluiu que a peripécia do casamento não daria mais certo, porque Maria Edite acabaria sempre por destruir seu palco no final. Precisava encontrar outra maneira de fazer com que as moças sitiantes e seus pais caíssem na sua lábia doce e ferina. Então voltou a procurar o amigo Aníbal, por algumas vezes, para pensarem juntos na elaboração de novas artimanhas. Na quarta vez, Aníbal trouxe à mesa algo novo.

— Depois de nossa última conversa, fui a Apucarana para fazer compras e aproveitei para puxar nosso assunto com um velho amigo de meu falecido pai. É um notório rábula da cidade, daqueles que de um simples cumprimento traz enroscado entre os dedos ao menos um níquel alheio — Aníbal disse sorrindo, ao tempo em que impediu a ponte móvel de cair de sua boca grande, protegida pelo avantajado bigode preto cerrado e enrolado nas pontas.

— Acho que eu já sei de quem você está falando, o Absalão. Mas o que foi que o turco aconselhou para o meu caso? — perguntou Olavo, afoito.

— Turco, não! Assim como eu, ele nasceu na Síria — revidou Aníbal, contrariado, arregalando seus grandes olhos pretos entre as aparentes olheiras e sob a vasta sobrancelha eriçada na parte superior.

— Desculpe-me. Eu não tinha conhecimento da real procedência do Absalão — penitenciou-se Olavo, por saber ser ultrajante para o amigo ser chamado de turco. Continuou: — Mas diga logo o que o tal rábula falou.

— Ele disse que o código civil do Brasil não esclarece as questões relativas a contrato de convivência e compromissos de casamento e...

— Vamos ao ponto da questão, Aníbal — Olavo interrompeu a fala do amigo, receoso de que se tornasse um discurso infindável.

— Está bem, um pacto para conviver antes de casar, é isso.

Enquanto Aníbal encarou Olavo, este levantou-se da cadeira de madeira maciça, estilo rústico na cor marrom-escuro como todos os outros móveis existentes na casa do sírio. Na sala onde conversavam havia uma mesa de dois metros de comprimento lotada de objetos e livros, além daqueles espalhados pelo piso de madeira e aqueles encostados nas paredes, também de madeira sem pintura. Os objetos advinham das barganhas convencionadas como forma de entretenimento, não obstante propiciar a Aníbal, na maioria das vezes, o regalo do lucro e a satisfação congênita de um bom negócio.

Olavo pegou sobre a mesa uma estatueta de uma cobra com a boca aberta para dar o bote e virou-se para o amigo, dizendo:

— Ideia perfeita, Aníbal! A cascavel não faz estardalhaços, nem gasta demasiada energia, fica na espreita, e quando a presa passa por perto, dá o bote. Além disso, só pica o bicho que lhe interessa. Não desperdiça veneno com animal grande que não possa engolir, a não ser como legítima defesa.

— Continue — solicitou Aníbal, para se certificar se o amigo chegaria a conclusão idêntica à sua.

— Faremos um contrato de convivência falso, com promessa de casamento.

— Sim! Podemos colocar, de início, grande quantidade de cláusulas benéficas e lá no meio consignamos aquela que derruba todas as outras — completou Aníbal, trazendo um bule de café com duas xícaras. Serviu o café ao amigo e continuou: — É importante se atentar a aquilo que você mesmo disse sobre a cascavel: o amigo não pode picar bicho grande.

— Eu sei. O flerte. Só vou intentar contra as tonguinhas do mato. Somente depois de ter certeza que os pais também são tongos.

Aníbal disparou gargalhada desconcertada e se engasgou com o café quente. Olavo, imediatamente, deu seguidos tapas em suas costas, aflito com o acidente sofrido pelo amigo.

— Obrigado, está tudo bem — agradeceu Aníbal.

— E as cláusulas? Como as escreveremos? — indagou Olavo.

— Já está tudo aqui! "Absalon" já tinha tudo pronto. Olhe! — Aníbal entregou os papéis a Olavo e mostrou-lhe ainda alguns carimbos de firma reconhecida e de cartório.

— Muito bem. Depois que a presa cair na minha lábia, eu faço a proposta de casamento, ao argumento de que será legalmente escriturado após poucos meses de convivência. Depois vou à casa dos pais, leio no contrato somente as cláusulas maravilhosas e deixo de lado a venenosa. Quando a infeliz estiver convivendo comigo, escondo o contrato, e caso não mais me interesse, dou-lhe um eficiente pé na bunda e mando embora com o rabo entre as pernas. Se, injuriados, forem reclamar ao meu compadre delegado, mostro-lhe a cláusula de desfazimento e tudo estará resolvido.

Utilizando-se dessa artimanha, Olavo levou para casa moças da zona rural consideradas "encalhadas" pelos pais e pela sociedade. Para os pais e para a felizarda, o contrato representava a salvação para o que consideravam perdido.

A busca empreendia por Olavo na caça de mulheres inexperientes e virgens se tornou insana até para ele mesmo. Agia de forma inconsequente, porém friamente calculada, pois bem sabia dos perigos decorrentes de eventuais revoltas e vinganças por parte dos iludidos. Arriscou-se e obteve o sucesso pretendido, protegido por sorte descomunal. Êxito de malandro sortudo, beneficiado pela visão de gavião na busca da caça mais vulnerável, pela astúcia própria das cobras, pelo falso romantismo das onças e pela fala musical do sabiá. Sorte, por nunca ter sofrido ameaça de um pai zangado e pelas costas quentes na delegacia.

Ele nunca se condenou. Não se sabe também se se arrependeu. Nunca quis saber o destino da moça aviltada: se foi acolhida em casa dos pais ou se esses a mandaram para a zona do meretrício, de acordo com o costume. Nunca se apaixonou por nenhuma delas e as mandava embora de casa em curto tempo de convivência, sem piedade. O único peso em seus ombros era Maria Edite. Aí, sim, arrependia-se de suas atitudes com relação às mulheres, testemunhadas pela filha. Contudo, insistia em praticá-las reiteradamente, em uma corrupção sem fim.

Em noites mais tenebrosas, após acordar de pesadelos com Zulmira, Olavo perdia o sono e refletia sobre anseios relacionados à filha tão amada e temia diante das incertezas que lhe surgiam na escuridão: "Por quantas provações a Editinha já passou. O que o futuro lhe guarda? Não demora muito e será uma moça feita. Talvez fosse melhor ela ir morar com a avó, mas eu não vou incentivá-la. A não ser que ela não tome essa decisão logo. Sim! Porque as coisas que faço não são bons exemplos. Também não o foram os da mãe".

Adormecia nesses pensamentos. No fundo da alma parecia ter consciência exata do bem e do mal decorrentes de suas atitudes, contudo, no outro dia suas atenções voltavam inteiramente para a consecução dos novos propósitos corruptos.

Maria Edite, ao perceber a recalcitrância das ações de seu pai na dispensa repentina das mulheres trazidas para casa atraídas pela possibilidade de futuro casamento, não demorou para deduzir a precariedade do pacto fajuto por meio do qual eram iludidas. Por conta disso, acabou por salvar algumas moças do embuste armado pelo pai, aproveitando-se de momentos de descuido dele, de modo especial quando pedia para que a moça entrasse em casa e o esperasse até o término do serviço. Então Maria Edite agia sem perder tempo, com nobre simpatia procurava saber discretamente dados pessoais das pretendentes ao caos, para enfim chegar ao pormenor pretendido. Assim aconteceu com Soraia, uma moça de 30 anos, cabelos manchados com mexas amareladas em decorrência do trabalho exposto ao sol. Maria Edite a encontrou sentada no sofá da sala no aguardo de Olavo.

— Você está esperando meu pai? — perguntou Maria Edite, sorridente.

— Sim. Você é filha do Olavo? — Soraia estendeu a mão calejada pelos serviços pesados da roça.

— Sou Maria Edite e tenho mais dois irmãos. Você está esperando meu pai para quê?

— É que eu assinei um contrato com ele, para a gente viver junto antes de nos casarmos.

— Ih! Você também? — Maria Edite expressou desapontamento, enquanto levou a mão no queixo.

— Não entendi.

Soraia inquietou-se, deixando à mostra cáries adiantadas entre os dentes incisivos.

— Meu pai já é casado, e tudo o que ele possui pertence também à minha mãe. Eles estão por enquanto separados, mas não demora e voltarão a viver juntos, como já aconteceu em outras vezes.

— Mas e o contrato? — Soraia perguntou descrente e se levantou do sofá.

— Isso aí não vale nada. Deixe de ser boba e vá embora enquanto é tempo.

— Eu vou mesmo. Desculpe, mas seu pai é um tremendo de um cachorro.

Soraia pegou suas coisas e saiu pela porta da cozinha, aborrecida e agastada.

Maria Edite entrou pela porta dos fundos bar, atravessou o salão e parou em uma das portas para ver Soraia sumir no final da rua. Depois retornou mansamente, acenou para Olavo sorrindo e voltou para o interior da residência. Sentindo-se feliz por ter livrado Soraia de uma emboscada terrível, saiu para os fundos do quintal assobiando. Retirou do saco de milho, protegido embaixo da pequena cobertura do forno à lenha duas espigas, que jogou para dentro do chiqueiro, onde Toinha, agora porquinha adulta, soltava grunhidos alucinados de fome desde que detectou a presença da dona.

— Sabe Toinha, aquela praga que a Naná me rogou jamais vai acontecer — Maria Edite se expressou convicta do fundo do coração, acariciando o dorso da porca. — Que praga? Eu já falei uma vez. Como você esqueceu, quero lembrar-lhe: ela me disse que eu encontrarei alguém para me iludir assim como o papai a enganou. Isso jamais acontecerá, porque eu não sou boba como ela. Além disso, eu sei bem que a Naná, além de não ter falado a verdade, pois só queria atingir o papai, também não tem qualquer poder sobre mim ou sobre o meu futuro.

Toinha, depois que devorou o milho com força de trituração barulhenta, acompanhada de esparsos grunhidos e alegres fungadas, deitou-se para receber carinho na proeminente barriga barroteada de camadas de gordura.

— Coitadinha dela, está tão magrinha! Ninguém da comida para ela — Maria Edite disse em tom de deboche, enquanto deslizava a mão pela pança da porca. Silenciou-se por alguns instantes e passou a falar com seriedade: — Fiquei satisfeita em dizer a verdade para a Soraia. Ela não merece. Aliás, ninguém merece ser enganada.

Olhando para os olhos de Toinha, que pareciam pedir mais milho, após ter ficado de pé com a parada brusca dos carinhos, Maria Edite chamou a atenção:

— Não, chega de milho! Você está muito gorda. E tem mais: se você estiver mastigando, não prestará atenção no que vou afirmar. Agora é hora de me escutar, sua danadinha. — Maria Edite apontou o dedo indicador para a porquinha gorda. — Um dia também quero me casar, mas nunca abandonarei meus filhos. Ouviu bem?

Era a hora da Ave Maria. Maria Edite enxugou as lágrimas ao ouvir seu pai a chamando de dentro de casa.

— Editinha, você sabe onde foi parar a moça que estava me esperando? — Olavo fez a pergunta direta assim que Maria Edite botou os pés na porta da cozinha.

— Não sei, papai.

— Está bem, deixa pra lá — Olavo exclamou como que não se incomodasse com o sumiço da moça.

Suspeitou de imediato que havia dedo da filha no desaparecimento da moça. Olhou para Maria Edite que passava assobiando pela cozinha e lembrou-se de seu sorriso há pouco, dentro do bar. Pensou, sorrindo: "Espertinha! Desbancou-me mais uma vez". Saiu da cozinha para apanhar lenhas cortadas, acondicionadas em cima do forno de lenha no quintal e as colocou na parte de baixo do fogão de lenha. Enfiou alguns gravetos na boca do fogão, assoprou o brasido e logo a chama se fez. Encheu uma caneca média de água e a pôs para ferver, preservando a água quente do reservatório. Maria Edite voltou à cozinha e acomodou sobre os gravetos acesos dois pedaços de lenha cortada.

— Papai, posso lhe fazer uma pergunta? — Maria Edite quebrou o silêncio, sem tirar os olhos das chamas formadas na boca do fogão.

— Então não é só uma.

— Eu ainda não fiz pergunta.

— Você não me perguntou se podia fazer uma pergunta? Então, essa foi a primeira. Eu direi sim e você me fará a segunda pergunta. — Ao sentir que, em vez de graça, Maria Edite demonstrou indignação, deixou a brincadeira de lado: — Pergunte, Editinha.

— Desde a Naná, o Senhor trouxe várias moças para morarem conosco. No entanto, não consegue ficar com nenhuma delas. Algumas vão embora após poucas semanas, outras o Senhor as manda embora com menos de um mês de convivência. Por quê?

Olavo parou de lavar as xícaras sujas da pia, pegou o pano de prato, enxugou mãos e refletiu em silêncio: as indagações feitas a si mesmo nas noites mal dormidas, os exames de consciência proporcionados ante a introversão do fundo do quintal, as devassas executadas nas paredes do coração diante da solidão da cama do quarto de casal, as perscrutações surgidas nos desertos intermitentes durante o trabalho do bar. Tudo ia ao encontro da perquirição oriunda do raciocínio diligente de Maria Edite. A pergunta da filha, de forma sutil, abriu sua mente e descortinou o véu intransigente que pairava sobre seu coração. Talvez mentir para si mesmo fosse por muito tempo excelente defesa. Agora não. A fuga acabara de perder a força. Era sua filha, dotada de aprimorada sagacidade, que lhe indagava. Decidiu que não mais queria enganar-se, muito menos à filha adorada, com uma resposta débil.

— Editinha, minha filha, eu procuro entre as mulheres o cheiro de sua mãe. — Olavo sentiu sua voz embargada pela emoção ao ouvir o que sua voz acabava de dizer. Enxugou as lágrimas, e corajosamente concluiu: — Nenhuma que conheci em minha vida tem o cheiro da Zulmira.

Maria Edite correu até o pai e o abraçou.

— Então por que o Senhor deu o vestido dela? Nele havia o cheiro da mamãe.

— Não, querida. Não é cheiro de perfume. O "Alma de Flores" eu posso comprá-lo quando bem entender. O que digo é o cheiro próprio dela, que só ela tem.

Pai e filha, em silêncio, continuaram a olhar para o fogo aceso do fogão de lenha. Ela tentava, cheia de esperança, assimilar melhor a fala do pai, transpirando contentamento por saber que ele ainda nutria sentimento de carinho pela mãe. Ele, por sua vez, satisfeito por ter se deixado cair no chão e aceitar sua condição de inconformado com a separação de Zulmira.

Trinta e dois

Maria Edite vibrou de alegria quando recebeu em sua casa a visita da nova catequista e regente do coro infantil da Igreja Matriz São Sebastião, que veio acompanhada de onze meninas com a missão de persuadi-la a voltar a cantar no coral, especialmente para executar o solo da música que seria utilizada para o momento da coroação da imagem de Maria, mãe de Jesus.

Jerusa, recentemente chegada à cidade, vinda de mudança com o marido e filhos da cidade de Piracicaba do estado de São Paulo, caiu nas redes do padre José tão logo apresentou suas credenciais com boa formação religiosa e excelentes conhecimentos musicais. De imediato, iniciou seus trabalhos com o grupo de cantoras, primeiro conhecendo a realidade social das meninas e de suas famílias, depois enveredando-se para o contexto vocal, a fim de tecer um julgamento sobre as dificuldades a serem sanadas e as facilidades do caminho certo a tomar. Tranquilizou-se com o que ouviu: a maioria tinha boa afinação, mas as vozes precisavam ser lapidadas. Para o solo, porém, era necessário encontrar uma voz pronta, em razão do curto tempo até o dia da coroação.

Coletados os dados e marcou uma conversa com o padre, a fim de obter sugestões. Disse o padre:

— Há uma menina que canta muito bem, mas foi exilada pelas meninas do coro.

Jerusa quis saber mais e o padre lhe detalhou todos os acontecimentos que envolveram Maria Edite.

— Meu Deus, padre. Isso não pode acontecer na Igreja. A menina não tem culpa de nada.

O padre José incentivou Jerusa a trazer Maria Edite de volta, contanto que fosse bastante cuidadosa com as reações das pessoas.

No próximo dia de ensaio, Jerusa apenas perguntou às meninas se tinham conhecimento de alguma menina na cidade que cantasse bem ou que tivesse deixado de cantar no coral sem motivo, mesmo sendo afinada.

— Eu conheço a Rosana lá da escola. Acho que ela canta muito. Só que tem vergonha de cantar no nosso grupo — respondeu uma das meninas.

— Eu não conheço ninguém — outra menina disse, calcada na intenção de não ver o grupo aumentado, ao mesmo tempo que cutucou com o cotovelo sua vizinha para nada responder.

— Tem a Leontina, é evangélica — outra ainda acrescentou.

Jerusa concluiu que a atitude das meninas seguia duas hipóteses: ou haviam esquecido Maria Edite ou não queriam que ela voltasse ao grupo, orientadas por suas mães. Portanto, insistiu:

— Não há mais ninguém que já tenha participado do grupo e que seja bem afinada?

Percebendo a predominância do silêncio, Jerusa apelou para a Bíblia, citando versículos sobre o julgamento precipitado, inclusive da tentativa de apedrejamento da pecadora. Terminou dizendo do julgamento divino e de sua misericórdia, e como tal julgamento não poderia jamais ser feito com nossas medidas, porque sempre são falhas. Depois disso, repetiu a pergunta.

— Eu conheço — uma voz tímida partiu da última fila.

— Diga, Arilda — exclamou Jerusa com esperança.

Arilda olhou para os lados, e prevendo o apoio de outras meninas, disse mais confiante:

— A Maria Edite.

— Ela canta bem? — Jerusa quis saber, como se não tivesse de posse de qualquer informação.

A maioria das meninas respondeu sim, entusiasmadas, e se comprometeram a acompanhar Jerusa até a casa de Maria Edite. Assumiram a missão proposta pela regente, inclusive de visitar os demais nomes citados, como o de Rosana e da evangélica Leontina.

Maria Edite recebeu a maestrina Jerusa e as demais meninas com cortesia. Convidou a todas para entrarem na sala de sua casa e correu até Olavo para pedir-lhe que preparasse lanches e suco de limão para servir a suas convidadas.

— Maria Edite, o coral da igreja quer que você volte a cantar conosco — aduziu Jerusa com sua simpatia peculiar.

— Eu me sinto muito feliz pelo convite — Maria Edite exclamou com emoção.

— Você aceita fazer um teste vocal? — inquiriu Jerusa, elegantemente vestida com blazer e saia lápis (silhueta H), ambos azuis, luvas da cor branca, óculos estilo "gatinha" escondendo seus olhos da cor de mel, calçada com sapatos de salto modelo cubano.

— Como seria?

— Você indica uma música e eu toco a flauta dando as notas. Dessa forma, testo seu ouvido e sua voz — disse Jerusa enquanto retirava a flauta transversal do estojo preto, forrado por dentro com um tecido de veludo vermelho.

Maria Edite pensou em indicar uma música popular, no entanto refletiu melhor e propôs uma música religiosa mesmo. Jerusa deu o tom na flauta e Maria Edite cantou na nota do tom produzido pelo instrumento musical e acompanhou impecavelmente as respectivas modulações:

— Você é contralto, tem um ótimo ouvido e é bem afinada. Parabéns — concluiu a maestrina.

Jerusa nada falou, mas decidiu ali mesmo quem seria a solista na festa da coroação. Não havia mais dúvidas. A decisão foi tomada não só porque Maria Edite demonstrou capacidade, mas porque também queria resgatá-la para o grupo.

Noite feliz! Noite de brilho nos olhos, aquela após o convite de Jerusa e das meninas do coro. Maria Edite sentiu-se honrada e respeitada. Acreditou nas palavras de Jerusa, pessoa agradável e requintada, que conquistou de plano seu coração. Sem contar a presença das meninas em sua casa, no apoio à maestrina e na expectativa de sua resposta afirmativa.

Trinta e três

Lucidora fez aquele barulho agradável, batendo a colher em torno da caneca de alumínio sobre a chapa do fogão de lenha, visando a adoçar a água com açúcar mascavo que trocara no mercado por milho a granel. Entoou uma cantiga em "bocca chiusa" ao despejar a água fervendo e doce dentro do coador de pano abastecido com quatro colheres de café, plantado, colhido, torrado e moído ali mesmo no sítio, suspenso no suporte de ferro, cuja base acondicionava um bule verde de latão. A claridade do sol das três da tarde entrava ainda tímida pela janela da cozinha, por onde passava leve fumaça desprendida da lenha queimando no fogão e esparramava pelos arredores o odor delicioso do café passado na hora. Um galo carijó cantou perto do chiqueiro, e para informá-lo de que também estava presente, o garnisé com penas alaranjadas e pretas respondeu com seu canto estridente, aos pés da janela da cozinha. O bolo de fubá com sementes de erva-doce ainda se encontrava no forno, então Lucidora colocou o bule na parte menos aquecida da chapa, despejou um pouco de café na xícara esmaltada vermelha e se dirigiu à janela para averiguar se a neta estava onde afirmara que estaria. Assegurou-se da verdade. Estava na parte mais alta do morro suave onde, poucos meses atrás, a floresta de araucárias reinava absoluta. Maria Edite estava sentada embaixo da sombra do único pinheiro remanescente, rei de si mesmo, vencido pela vermelhidão da terra pelada, recém-tombada pelo arado arrastado pelo cavalo Brasido de Sebastião, logo após o trabalho de destoca dos centenários pinheiros vendidos ao dono da serraria de Marilândia por uma inexpressiva bagatela.

Maria Edite resolvera atender ao pedido da avó e estava morando no sítio com em Marilândia há mais de duas semanas. Assim decidiu, depois de ter passado dias formidáveis em Faxinal. Foram alguns dias de ensaio para a execução da badalada coroação, todos marcados pela jocosidade entre as meninas do coro, fomentada pela destreza nata da maestrina Jerusa, ante seu perfil acolhedor e conciliador. De forma bem natural, Jerusa envolveu as integrantes do grupo de cantoras dentro de um clima de apaziguamento da intolerância transmitida pelo comportamento adulto. Maria Edite então se sentiu querida e quis retribuir o carinho, desenvolvendo aquilo que lhe fora confiado com dedicação abnegada. No dia da festa da coroação da imagem de Maria, na igreja matriz de Faxinal, Maria Edite subiu a escada toda enfeitada com rosas coloridas e flores do campo, ladeada pelas sorridentes colegas do coral, ergueu a coroa para o alto, assim que Jerusa deu os acordes no órgão, e propositadamente fitou a assembleia, cujos olhares ansiosos aguardavam pela música principal.

Causou espanto, até mesmo em Jerusa, porque não cantou. Aproveitou o silêncio para dizer apenas "muito obrigada". Jerusa, emocionada, deu novamente o tom e Maria Edite entoou lindamente a canção apropriada com tal candura que fez com que muitos dos presentes enxugassem as lágrimas com seus lenços de pano. No momento final da celebração, quando todos gritaram vivas e aplaudiram satisfeitos com a beleza e a perfeição da homenagem, Maria Edite decidiu que atenderia ao pedido de Lucidora e que voltaria para o sítio morar com os avós, mesmo com o coração partido por ter que, para isso, deixar seu pai e de seus irmãos em Faxinal. A voz de sua avó ecoou em seus ouvidos:

— Editinha, minha neta amada, venha morar comigo! O bar não é lugar para uma menina ficar por perto. Há muitos homens sem escrúpulos, perigosos e maldosos nas beiras dos balcões.

Além disso, outras pessoas que a amavam de verdade, como Helena e sua mãe Isaura, igualmente insistiram em outras ocasiões para que ela atendesse à solicitação da avó. Apercebeu-se, por fim, que precisava deixar Olavo viver sua vida como desejava, sem a interferência de uma filha para atrapalhar seus planos mirabolantes. Jazon e João da Luz nunca se incomodaram com as atitudes do pai. De outra sorte, servia de acalento a certeza de que, de vez em quando, iriam visitá-la na casa da avó.

No sítio dos avós, Maria Edite sentou-se, esfregando os pés descalços e vermelhos da cor da terra arada na parte mais alta do morro, à sombra do velho pinheiro encorpado, único sobrevivente de outros iguais, velhos habitantes do lugar. Aquele majestoso pinheiro só estava ali por escolha estabelecida por Lucidora, quando insistiu ao dono da serraria para que não o cortasse, a fim de que no final da tarde pudesse se deleitar vendo o sol se pôr entre os seus galhos singulares. Disse ao empresário:

— Colhi frutos de onde não reguei. Penso que esta era a intenção de quem plantou e cultivou a árvore. Assim vou cuidar dela enquanto estiver por aqui, para que outros possam sentir essa minha alegria depois que eu me for.

A chegada de surpresa da neta, acompanhada da notícia de vinda definitiva, tirou os pés de Lucidora do chão de tanto contentamento. A princípio se pôs a tratar a neta com cuidados exagerados, levada pelo receio de que ela poderia estar acometida da mesma tristeza vivida na primeira vez que esteve morando em sua casa. Depois percebeu que Maria Edite comportava-se com tranquilidade e não demonstrava aborrecimento diante das mais singulares situações que se apresentavam desde o retorno.

Não há como negar que Maria Edite guardasse em seu coração o sonho de estar novamente sob o mesmo teto com o pai, Olavo, de mãos dadas com a mãe, Zulmira, e com os irmãos Jazon e João da Luz, envoltos numa convivência familiar dos tempos áureos, não muito distantes. Mas seu coração, diferentemente das outras vezes, não se deixava dominar exclusivamente por esse desejo. Esse sentimento agora estava sob o seu domínio, apesar de tentar se libertar, audacioso e amedrontador, nos momentos frágeis de solidão.

Em cima do morro baixo, à sombra daquele belíssimo pinheiro, a menina olhou para o horizonte e descobriu que também estava em cima de um horizonte do ponto de vista de quem estivesse naquele horizonte que visualizava. Era preciso aproveitar ao máximo aquele exato momento em que remexia a terra vermelha com os pés também sujos de vermelho, pois, se voltasse ali no dia seguinte, não tinha como prever se sentiria idêntica alegria. Poderia até ser mais intensa ou menos elástica, mas nunca igual. O horizonte, a terra e o pinheiro que via, os pássaros, o vento e os insetos que ouvia, o café passado que cheirava, a terra tocada, o vento em seu rosto. Pensou: "Gostaria muito de ver o artista pintando este quadro, mas há muitos indícios de quem é realmente o criador da obra. Então, contento-me em admirar a beleza inestimável que me foi apresentada gratuitamente". Tudo era único e singular, bonito e gostoso. Até mesmo o chamado da avó da janela da casa e o jeito com que tapava com as mãos o sol no rosto.

— Editinha!

— Já vou, mãe *véia*! — Maria Edite respondeu, agradecida por sentir a energia verdadeira do amor de Lucidora.

— Venha logo, *fia*. O bolo de fubá está quentinho.

Maria Edite não quis deixar a avó esperando. Desceu o morro correndo e abraçou Lucidora com exagerada força, para tentar demonstrar toda a gratidão e o amor que sentia por ela.

A presença da avó Lucidora em sua vida lhe proporcionara um crescimento do equilíbrio entre o temperamento emocional e o racional, mais acentuado ante a personalidade pragmática. Lucidora, apesar de ser uma pessoa simples da roça, sem estudos, era dotada de esplendorosa inteligência e, muito mais que isso, de sabedoria surpreendente, aflorada em sua maneira de viver e conviver, característica de quem sempre está aberto para o novo.

Maria Edite não deixou de sonhar. Sonhou muito além de seu essencial desejo. Sonhou com outros tantos ideais de vida e de futuro. Não somente sonhos egocêntricos: sonhou com um mundo sem fome. Sonhou com um mundo tolerante. Sonhou com um mundo melhor. Viu, incipientes e tímidos, alguns de seus sonhos se realizarem. Não esqueceu o passado nem se prendeu a ele. Avançou pela vida convicta de que o sonho é, em potência, ação efetiva na história.